VLADIMIR
NABOKOV
**O ORIGINAL
DE LAURA**
(MORRER É DIVERTIDO)

TRADUÇÃO
JOSÉ RUBENS SIQUEIRA

© Dmitri Nabokov, 2009
Todos os direitos reservados

Todos os direitos desta edição reservados à
Editora Objetiva Ltda.
Rua Cosme Velho, 103
Rio de Janeiro — RJ — Cep: 22241-090
Tel.: (21) 2199-7824
Fax: (21) 2199-7825
www.objetiva.com.br

Título original
The Original of Laura

Capa
warrakloureiro

Foto do autor
© Philippe Halsman/Magnum Photos/LatinStock

Revisão
Joana Milli
Rita Godoy
Regiane Winarski

Editoração eletrônica
Abreu's System Ltda.

CIP-BRASIL. CATALOGAÇÃO-NA-FONTE
SINDICATO NACIONAL DOS EDITORES DE LIVROS, RJ

N113o
    Nabokov, Vladimir
       O original de Laura / Vladimir Nabokov ; tradução José Rubens Siqueira. - Rio de Janeiro : Objetiva, 2009.

       Tradução de: *The Original of Laura*
       297p.   ISBN 978-85-7962-002-7

       1. Ficção americana. I. Siqueira, José Rubens. II. Título.

09-4833.   CDD: 813
                                CDU: 821.111(73)-3

Sumário

7   Introdução

15   Agradecimentos

17   Nota sobre o texto

19   O ORIGINAL DE LAURA

297   Sobre o autor

Introdução

Por Dmitri Nabokov

Uma tépida primavera baixava sobre a beira de um lago na Suíça em 1977, quando fui chamado do exterior para a beira do leito de meu pai em uma clínica de Lausanne. Durante a convalescença do que se considera uma operação banal, ele havia aparentemente sido contaminado por um bacilo hospitalar que diminuíra seriamente sua resistência. Sinais óbvios de deterioração como níveis dramaticamente reduzidos de sódio e potássio haviam sido totalmente ignorados. Estava mais que na hora de intervir se era para mantê-lo vivo.

Arranjou-se de imediato a transferência para o Hospital da Universidade de Lausanne e teve início a longa e angustiosa busca pelo germe nocivo.

Enquanto praticava seu amado passatempo da entomologia, meu pai caiu numa encosta em Davos e ficou preso em uma posição estranha num barranco íngreme enquanto os turistas que lotavam o teleférico reagiam com gargalhadas, interpretando como brincadeira os gritos de socorro e o movimento da rede de borboletas. A oficialidade pode ser impiedosa; ele foi em seguida repreendido pelos funcionários do hotel por voltar cambaleante ao saguão, sustentado por dois mensageiros, com o short em desalinho.

Pode não haver nenhuma ligação, mas esse incidente em 1975 parece dar início a um período de doenças que nunca chegaram a retroceder inteiramente até aqueles dias horríveis em Lausanne. Ocorreram diversas ameaças à sua vida anteriores ao

Hôtel Palace Montreux, uma majestosa coleção das quais vem à tona quando leio, em alguma estúpida biografia eletrônica, que o sucesso de *Lolita* "não subiu à cabeça de Nabokov e ele continuou a viver num *miserável hotel suíço*" (grifo meu).

Nabokov começou efetivamente a perder sua majestade física. Sua figura de um metro e oitenta e três parecia se curvar um pouco, os passos no passeio em torno do lago ficaram curtos e inseguros.

Mas ele não deixou de escrever. Estava trabalhando num romance que começara em 1975 — esse mesmo ano crucial —, uma obra-prima embrionária cujos bolsões geniais estavam começando a virar pupas aqui e ali em suas eternas fichas catalográficas. Muito raramente ele falava de detalhes do que estava escrevendo, mas, talvez porque sentisse que as oportunidades de revelá-las não eram ilimitadas, começou a contar certos detalhes para minha mãe e para mim. Nossas conversas depois do jantar ficaram mais curtas e mais vacilantes, e ele se retirava ao seu quarto como se tivesse pressa de completar seu trabalho.

Logo veio a última ida ao hospital Nestlé. Meu pai se sentiu pior. Os exames continuaram, uma sucessão de médicos esfregou o queixo conforme sua atitude de beira do leito ia tendendo para beira do túmulo. Por fim, o vento de uma janela deixada aberta por uma jovem e resfriada enfermeira contribuiu para uma gripe terminal. Minha mãe e eu ficamos sentados ao lado dele enquanto, engasgado com a comida que eu insistia que consumisse, em três suspiros convulsivos sucumbiu à bronquite congestiva.

Pouco se falou sobre as causas exatas de sua doença. A morte do grande homem pareceu velada num embaraçoso silêncio. Alguns anos depois, quando, por questões biográficas, quis precisar as coisas, todo acesso aos detalhes de sua morte permaneciam obscuros.

Só durante os estágios finais de sua vida fiquei sabendo de certos assuntos familiares confidenciais. Dentre eles, estava a sua instrução expressa de que o manuscrito de *O original de Laura* fosse destruído se ele morresse sem completar o livro. Indivíduos de imaginação limitada, dedicados a juntar suas suposições

ao turbilhão de hipóteses que inundaram sua obra inacabada, ridicularizaram a ideia de que um artista condenado possa resolver destruir uma obra própria, seja qual for a razão, em vez de permitir que ela sobreviva a ele.

Um autor pode estar com uma doença séria, terminal mesmo, e no entanto continuar sua desesperada corrida contra o Destino até a linha de chegada final, perdendo, a despeito de sua intenção de vencer. Ou então ele pode ser contrariado por uma ocorrência fortuita ou pela intervenção de outros, como Nabokov havia sido, muitos anos antes, a caminho do incinerador, quando sua esposa arrancou de suas mãos uma versão de *Lolita*.

* * *

As lembranças de meu pai e as minhas diferem muito quanto à tonalidade do imponente objeto que eu, uma criança de quase seis anos, distingui com descrença em meio à confusão de edifícios da cidade costeira de Saint-Nazaire. Era a imensa chaminé do Champlain, que estava esperando para nos transportar a Nova York. Lembro que era de um amarelo-claro, enquanto meu pai, nas linhas finais de *Fala, memória*, diz que era branca.

Hei de me ater à minha imagem, independente do que pesquisadores possam desenterrar dos registros históricos sobre o aspecto da French Line no período. Tenho igual certeza das cores que vi em meu último sonho a bordo, ao nos aproximarmos da América; os variados tons de um cinza depressivo que coloriam minha visão sonhada de uma Nova York miserável, baixa, em vez dos excitantes arranha-céus que meus pais tinham prometido. Ao desembarcar, tivemos também duas visões diferentes da América: um pequeno frasco de conhaque desapareceu de nossa bagagem durante a inspeção da alfândega; por outro lado, meu pai (ou foi minha mãe? A memória às vezes funde os dois) tentou pagar nosso táxi com tudo o que tinha na carteira — uma nota de cem dólares de uma moeda que era nova para nós; o motorista honesto imediatamente recusou a nota com um sorriso compreensivo.

Nos anos que precederam nossa partida da Europa, eu sabia muito pouco, num sentido específico, do que meu pai "fazia". Até mesmo o termo "escritor" significava pouco para mim. Só na vinheta ocasional que ele podia contar como história na hora de dormir eu podia retrospectivamente reconhecer um aperitivo de uma obra em progresso. A ideia de um "livro" estava incorporada para mim aos muitos volumes encadernados de couro vermelho que eu admirava nas prateleiras superiores no escritório dos pais de meus amigos. Eram para mim "apetitosos", como diríamos em russo. Mas minha primeira "leitura" foi ouvir minha mãe recitar a tradução para o russo que meu pai fez de *Alice no país das maravilhas*.

Viajamos às praias ensolaradas da Riviera e finalmente embarcamos para Nova York. Ali, depois de meu primeiro dia na hoje extinta Escola Walt Whitman, anunciei à minha mãe que eu tinha aprendido inglês. Na realidade, aprendi inglês muito mais gradualmente, e ele se tornou o meu meio de expressão favorito e mais flexível. Devo, porém, sempre me orgulhar de ter sido a única criança do mundo a ter estudado russo elementar, com livros escolares e tudo, com Vladimir Nabokov.

Meu pai estava no meio de uma transição pessoal. Embora criado como uma "criança perfeitamente trilíngue", ele achava profundamente desafiador abandonar seu "rico e desimpedido russo" por uma nova língua, não o inglês doméstico que ele compartilhara com seu pai anglófono, mas um instrumento tão expressivo, dócil e poético como o domínio minucioso da sua língua mãe. *A verdadeira vida de Sebastian Knight*, seu primeiro romance em inglês, custou-lhe infinitas dúvidas e sofrimentos ao renunciar a seu amado russo, a "mais suave das línguas", como ele a chamou num poema em inglês que apareceu na *Atlantic Monthly*, em 1947. Enquanto isso, durante a transição para uma nova língua e às vésperas de nossa mudança para a América, ele tinha escrito seu último trabalho significativo em russo (em outras palavras, nem parte de um trabalho em andamento nem a versão russa de uma obra existente). Era o romance *Volshebnik* (O feiticeiro), em certo sentido um precursor de *Lolita*. Ele pensou que tinha destruído ou perdido esse pequeno manuscrito e que sua essência criativa

havia sido consumida por *Lolita*. Ele se lembrava de ter lido esse livro para um grupo de amigos uma noite em Paris, com as janelas empapeladas contra a ameaça das bombas nazistas. Quando o livro acabou aparecendo de novo, ele o examinou com sua esposa, e eles decidiram, em 1959, que faria mais sentido artístico se ele fosse "vertido para o inglês pelos Nabokov" e publicado.

Isso só ocorreu dez anos depois da morte dele, e a publicação da própria *Lolita* precedeu a de seu ancestral. Diversos editores americanos mostraram interesse por *Lolita*, mas, temendo as repercussões de seu assunto delicado, se abstiveram. Convencido de que o livro seria para sempre vítima de incompreensão, Nabokov decidiu destruir o original, e só a intervenção de Véra Nabokov foi que, em duas ocasiões, impediu que a obra virasse fumaça em nosso incinerador em Ithaca.

Por fim, sem saber da reputação duvidosa do editor, Nabokov consentiu que um agente colocasse o livro com a Olympia Press, de Girodias. E foi o tributo de Graham Greene que impulsionou *Lolita* muito além dos indecentes trópicos de Câncer e Capricórnio, herdados por Girodias de seu pai na Obelisk, e seus parceiros mais pornográficos da Olympia, e o pôs a caminho de se transformar no que muitos aclamaram como um dos melhores livros jamais escritos.

As rodovias e os motéis da América dos anos 1940 são imortalizados neste precursor da *road novel*, e incontáveis nomes e lugares habitam os trocadilhos e anagramas de Nabokov. Em 1961, os Nabokov passariam a residir no Montreux Palace e lá, numa das primeiras noites, uma empregada bem-intencionada esvaziaria para sempre um cesto de lixo enfeitado com borboletas: uma gorda pilha de mapas rodoviários dos Estados Unidos nos quais meu pai havia marcado meticulosamente as estradas e cidades que ele e minha mãe tinham atravessado. Comentários casuais dele estavam ali registrados, assim como nomes de borboletas e de seus habitats. Que triste, principalmente agora que cada detalhe desses está sendo pesquisado por acadêmicos em diversos continentes. Que triste também que uma primeira edição de *Lolita*, amorosamente dedicada a mim, tenha sido surripiada de um

porão de Nova York e, a caminho do quarto de um estudante universitário da Cornell, vendido por dois dólares.

O tema da queima de livros haveria de nos perseguir. Convidado a fazer uma palestra em Harvard sobre *Dom Quixote*, Nabokov, embora reconhecendo certos méritos em Cervantes, criticou o livro como "cru" e "cruel". A expressão "dilacerada" aplicada anos depois à avaliação de Nabokov, foi depois deturpada por jornalistas semiletrados. Por fim, apareceu uma caricatura de Nabokov segurando um volume em chamas diante de sua classe, acompanhado de toda a moralização *de rigueur*.

E assim, afinal, chegamos a *Laura*, e uma vez mais a ideias de fogo. Durante os últimos meses de sua vida no hospital de Lausanne, Nabokov estava trabalhando fervorosamente no livro, impermeável às brincadeiras dos insensíveis, ao questionamento dos bem-intencionados, às conjeturas dos curiosos do mundo exterior e aos tormentos dentro de seu próprio microcosmo. Entre essas coisas, havia incessantes inflamações debaixo e em torno das unhas dos pés. Às vezes, ele sentia que seria quase melhor se livrar definitivamente delas do que passar pela pedicura hesitante das enfermeiras, e a compulsão de corrigi-las e buscar alívio trabalhando dolorosamente ele próprio nos dedos. Podemos reconhecer, em *Laura*, algumas ressonâncias desse tormento.

Ele olhava o exterior ensolarado e exclamava suavemente que certa borboleta já estaria com asas. Mas não haveria mais nenhuma perambulação pelos campos montanhosos, rede na mão, livro trabalhando na cabeça. O livro era trabalhado, mas nos confins claustrofóbicos de um quarto de hospital, e Nabokov começou a temer que sua inspiração e concentração não fossem ganhar a corrida contra sua saúde debilitada. Ele então teve uma conversa séria com a esposa, na qual impôs a ela que se *Laura* ainda estivesse incompleto quando morresse, que fosse queimado.

Mentes inferiores entre as hordas de missivistas que iriam se abater sobre mim afirmariam que, se um artista quer destruir uma obra sua que considera imperfeita ou incompleta, ele deve logicamente fazê-lo com aplicação e providencialmente antes da hora. Esses sábios esquecem, porém, que Nabokov *não* queria quei-

mar *O original de Laura* definitivamente, mas viver o suficiente para as últimas poucas fichas de que precisava para terminar ao menos um rascunho definitivo. Teorizou-se também que Franz Kafka havia deliberadamente encarregado seu amigo Max Brod de destruir a reeditada *Metamorfose* e outras obras-primas publicadas e inéditas, inclusive *O castelo* e *O processo*, sabendo muito bem que Brod jamais conseguiria levar a cabo a tarefa (um estratagema bem ingênuo para uma mente valente e lúcida como a de Kafka), e que Nabokov procedera a raciocínio semelhante quando encarregou minha mãe da aniquilação de *Laura*. Ela era uma emissária impecavelmente corajosa e confiável, e o fato de ter deixado de cumprir o prometido tinha raízes na procrastinação — procrastinação devida a idade, fraqueza e incomensurável amor.

De minha parte, quando a tarefa passou para mim, pensei muitíssimo. Já disse e escrevi mais de uma vez que, para mim, meus pais, em certo sentido, nunca morreram, mas continuam vivos, olhando por cima de meu ombro lá de uma espécie de limbo virtual, prontos a oferecer uma ideia ou conselho para me assistir numa decisão vital, seja ela uma crucial *mot juste* ou alguma preocupação mais mundana. Eu não precisei pegar emprestado o "Ton Bon" (assim, deliberadamente distorcido) dos títulos de idiotas da moda; eu sempre o tive, desde o início. Se agrada a algum comentador imaginativo comparar o caso a fenômenos místicos, que seja. Nesta conjuntura, decidi que, em putativo retrospecto, Nabokov não quereria que eu me tornasse sua pessoa de Porlock* ou permitisse que uma nova Juanita Dark — pois este foi um primeiro título provisório de *Lolita*, destinado à cremação — queimasse como uma Jeanne d'Arc de hoje.

Nas visitas cada vez mais curtas e infrequentes de meu pai em casa, tentamos bravamente manter nossa conversa da hora

---

* Uma "pessoa de Porlock" é um visitante inoportuno e indesejado. A expressão foi criada pelo poeta inglês Coleridge, que dizia que sua criação do poema *Kubla Khan* fora interrompida e nunca retomada, por uma pessoa de Porlock, que é uma pequena cidade do sudoeste da Inglaterra. (N. do T.)

do jantar, mas o mundo além-mundo de *Laura* não era mencionado. Por essa época eu e, creio, minha mãe sabíamos, em todos os sentidos, como seriam as coisas.

Passou-se algum tempo depois da morte de meu pai até eu conseguir abrir a caixa de fichas catalográficas. Precisei atravessar uma sufocante barreira de dor antes de tocar as fichas que ele arrumou amorosamente. Depois de diversas tentativas, durante uma temporada minha no hospital, primeiro li o que, apesar de incompleto, é trabalho sem precedentes em estrutura e estilo, escrito na mais "suave das línguas" em que o inglês havia então se transformado para Nabokov. Lancei-me à tarefa de ordenar e preparar, e depois ditar, uma transcrição preliminar à minha fiel secretária Cristiane Galliker. *Laura* continuou vivendo em uma penumbra, emergindo só de vez em quando para meu exame e pequenas edições que ousei realizar. Muito gradualmente, eu me acostumei a esse perturbador espectro que parecia estar levando uma vida gêmea simultânea e independente no silêncio de uma caixa-forte e nos meandros de minha cabeça. Não podia mais nem pensar em destruir *Laura*, e minha única urgência era deixar que ela espiasse por um momento ocasional de sua escuridão. Daí a minha mínima menção ao trabalho ao longo dos anos, que eu sentia que meu pai não reprovaria e que, junto com alguns poucos vazamentos aproximados e suposições de terceiros, gradualmente levou às ideias fragmentárias de *Laura*, agora alardeadas por uma imprensa sempre mais ansiosa por um furo saboroso. Nem, como eu disse, penso eu que meu pai ou a sombra de meu pai se oporia ao lançamento de *Laura*, uma vez que *Laura* sobreviveu ao murmúrio do tempo até aqui. Uma sobrevivência à qual eu talvez tenha contribuído, motivado não por jogo ou calculismo, mas por uma outra força que não consegui resistir. Mereço condenação ou agradecimento?

Mas por que, senhor Nabokov, o senhor *realmente* resolveu publicar *Laura*?

Bem, eu sou um bom sujeito e, tendo notado que pessoas do mundo todo se sentem à vontade para me chamar pelo primeiro nome quando simpatizam com o "dilema de Dmitri", senti que devia aliviar seu sofrimento.

Agradecimentos

Pela generosa assistência e aconselhamento, devo agradecimentos a:
Professor Gennady Barabtarlo
Professor Brian Boyd
Ariane Csonka Comstock
Aleksei Konovalov
Professor Stanislav Shvabrin
Ron Rosenbaum, que não podia ter lançado melhor campanha publicitária mesmo que tivesse sido planejada (não foi).

A todos os que colaboraram com opiniões, comentários e conselhos de todo o mundo, seja qual for sua tendência ou pendor, que imaginaram que suas opiniões, às vezes expressas com habilidade, poderiam mudar a minha.

Nota sobre o texto

A transcrição de *O original de Laura* mantém as marcações originais de Vladimir Nabokov nas fichas escritas a mão. A ortografia incomum de algumas palavras (por exemplo, "bycycle") e a pontuação foram mantidas, e a acentuação não foi adicionada às palavras em francês, quando ela não aparece nas fichas. Alguns dados adicionais foram incluídos entre colchetes ou em notas de rodapé, para maior clareza na leitura.

O ORIGINAL DE LAURA
(MORRER É DIVERTIDO)

The Original of Laura

Ch. One

Her husband, she answered, was a
writer, too — at least, after a fashion. Fat
men beat their wives, it is said, and he
certainly looked fierce, when he caught her
riffling ~~and~~ through his papers. He
pretended to slam down a marble
paperweight and crush this weak little
hand (displaying the little hand in
febrile motion) actually she was searching
for ~~a~~ silly business letter — and
not in the least trying to decipher his mysterious

O original de Laura

Cap. Um

Seu marido, ela respondeu, era escritor também — ao menos sob certo aspecto. Homens gordos batem nas mulheres, fala-se, e ele certamente parecia feroz, quando a pegou remexendo em seus papéis. Ele fingiu bater na mesa com um peso de papel de mármore e esmagar esta fraca mãozinha (mostra a mãozinha em movimento febril). Na verdade ela estava procurando uma tola carta comercial — e nada interessada em decifrar seu misterioso

work of fiction

manuscript. Oh no, it was not a ~~novel~~

which

~~that~~ one dashes off, you know, to make
money; it was a mad neurologist's
~~cccccccccccctions~~ testament, a
kind of Poisonous Opus as in that film.
It had cost him, ~~tccccccc~~
~~tcccccccccccccly~~ and would still
cost him, years of toil, but the ~~one~~
~~thing~~ ~~xxx~~ was of course, an absolute
secret. If she mentioned it at all she
added, it ~~is~~ was ~~cccccccccccccccy~~.
because she was drunk.
She wished to be taken home or preferably
to some cool quiet place with a clean bed
and room service. She wore a strapless gown

2

manuscrito. Ah não, não era uma obra de ficção que se faz depressa, sabe, para ganhar dinheiro; era o testamento de um neurologista louco, uma espécie de Opus Venenosa como naquele filme. Tinha lhe custado, e ainda custaria, anos de trabalho, mas a coisa, claro, era um segredo absoluto. Se ela mencionava o texto, acrescentou, era porque estava bêbada. Queria ser levada para casa ou de preferência para algum lugar sossegado e fresco com uma cama limpa e serviço de quarto. Estava com um vestido sem alça

and slippers of black velvet. Her bare insteps
were as white as her young shoulders. The
party seemed to have degenerated into
a lot of sober eyes staring at her with
nasty compassion from every corner,
every cushion and ashtray, and even
from the hills of the ~~night the~~
~~past~~ spring night framed in the
open french window. Mrs. Carr, her
hostess, repeated what a pity it was
that Philip could not come or rather
that Flora could not have induced

3

e chinelos de veludo preto. Os arcos dos pés nus eram tão brancos como seus jovens ombros. A festa parecia ter degenerado para uma porção de olhos sóbrios a observá-la com sórdida compaixão de todos os cantos, todas as almofadas e cinzeiros, e mesmo dos montes da noite de primavera emoldurados pela janela francesa aberta. A sra. Carr, sua anfitriã, repetiu que era uma pena Philip não ter vindo ou melhor que Flora não o tivesse conseguido induzir

him to come !   I'll drug him ~~and~~
~~him~~ next time said Flora,
~~i~~ ~~and~~ ~~Flora~~ ~~had begun~~
~~searching~~ rummaging all around
her seat for her small formless vanity
bag, a blind black puppy. Here it is,
cried an anonymous girl, squatting
quickly.

    Mrs Carr's nephew, Anthony Carr,
and his wife Winny, ~~were~~ one of those ~~the sort~~
~~who could~~ easy going, over-generous
couples that positively crave to
lend their flat to a friend, any friend, when
they and their ~~two~~ dogs do not happen

4

a vir! Da próxima vez eu o drogo, disse Flora, revirando tudo em volta de sua poltrona em busca da bolsinha de noite, um cachorrinho cego preto. Está aqui, disse uma garota anônima, agachando-se depressa.

O sobrinho da sra. Carr, Anthony Carr, e sua esposa Winny eram um daqueles casais tranquilos, super-generosos que definitivamente adoram emprestar o apartamento a um amigo, qualquer amigo, quando eles próprios e seu cachorro não estão

(5)

to need it. Flora spotted at once ~~the~~
the alien creams in the bathroom and the
open can of Fido's Feast next to the
~~naked cheese~~ in the cluttered fridge
A brief set of instructions ~~(omission)~~
& (pertaining to the superintendent and the chairwoman
~~(omission)~~) ended on: "Ring up my aunt Emily Carr"
which evidently had be already done
to lamentation in Heaven and laughter
in Hell. The double bed was made
but was unfresh inside. With
comic fastidiousness Flora spread

5

precisando dele. Flora logo percebeu os cremes estranhos no banheiro e a lata aberta de Fido's Feast ao lado do queijo desembrulhado na geladeira lotada. Uma breve lista de instruções (referentes ao superintend[e]nte e à faxineira) terminava assim: "Telefone para minha tia Emily Carr", o que evidentemente já tinha si[do] feito para lamentação no Céu ou riso no Inferno. A cama de casal estava arrumada mas com os lençóis usados por baixo. Com cômica minúcia Flora estendeu

(6)

her furcoat over it ~~before everything~~
before undressing and lying down.
Where was the damned valise
that had been brought up earlier? ~~xxxxxxxxxxxxxxxxxxx~~
In the restibule closet. Had everything
to be shaken out before the pair
of morocco slippers could be located
~~i~~foetally folded in their zippered
pouch? Hiding under the
shaving kit. All the towels in the
bathroom, whether pink or green, were
of a thick, soggy-looking, spongy-like texture

6

seu casaco de pele em cima deles antes de tirar a roupa e deitar.

Onde estava a maldita valise que tinha sido trazida mais cedo? No armário do vestíbulo. Será que tudo teria de ser revirado antes que os chinelos de couro marroquino pudessem ser localizados fetalmente dobrados em sua bolsa de zíper? Escondidos debaixo do estojo de barbear. Todas as toalhas no banheiro, fossem elas rosas ou verdes, eram de uma textura grossa, esponjosa, de aspecto encharcado.

(copy out again) ⑦

Let us choose the smallest. On the way *back*
the distal edge of the right slipper lost
its grip and had to be pried ~~called~~ the grateful heel
(with a finger for shoeing-horn.
(no quotes) ¶ ↑Oh↑ hurry up, she said softly
(no comma) ¶ That first surrender of hers
was a little sudden, if not down-right
unnerving. A pause for some light
caresses, concealed embarrassment,
feigned amusement, prefactory contemplation.
~~was~~
~~~~ She was ~~an~~

7

Vamos escolher a menor. No caminho de volta a borda externa do chinelo direito soltou-se e teve de ser ajustada à força ao grato calcanhar com um dedo em lugar de calçadeira.

Ah depressa, ela disse de mansinho[.]

Essa primeira rendição dela foi um pouco súbita, se não completamente enervante. Uma pausa para algumas ligeiras carícias, vergonha disfarçada, divertimento fingido, contemplação preliminar[.] Ela era

8

an extravagantly slender girl. Her ribs
showed. The conspicuous knobs of her hipbones
framed a hollowed abdomen, so flat as
to belie the notion of « belly ». Her
exquisite bone structure immediately slipped
into a novel — became in fact the secret
structure of that novel, besides
supporting a number of poems. The
cup-sized breasts of that twenty-four year
old impatient beauty seemed a dozen
years younger than she, with those
pale squinty nipples and firm form.

8

uma garota extravagantemente magra. Suas costelas apareciam. Os nódulos conspícuos dos ossos do quadril emolduravam um abdômen afundado, tão chato que barrava a ideia de "barriga". Sua refinada estrutura óssea deslizava de imediato para um romance — transformava-se de fato na estrutura secreta daquele romance, além de sustentar uma porção de poemas. Os seios do tamanho de taças daquela beleza impaciente de vinte e quatro anos pareciam doze anos mais novos que ela, com aqueles mamilos pálidos e estrábicos e a forma firme.

⑨

Her painted eyelids were closed. A tear
of no particular meaning ~~gleam~~ gemmed
the hard top of her cheek. Nobody could
tell what went on in that little head.
Waves of desire rippled there, a recent
lover fell back in a swoon, hygienic
doubts were raised and dismissed,
contempt for everyone but herself ~~was~~
advertised with a flush of warmth
its constant presence, here it is,
cried what's her name squatting quickly
my darling, duszka moya (eyebrows

9

Suas pálpebras pintadas estavam fechadas. Uma lágrima sem nenhum sentido particular como uma joia no topo firme da bochecha. Ninguém sabia dizer o que se passava naquela cabecinha[.] Ondas de desejo agitavam-se ali, um amante recente caiu num desmaio, dúvidas higiênicas foram propostas e descartadas, o desdém por todos menos ela mesma anunciava com uma onda de calor sua presença constante, aqui está, gritava como é mesmo o nome dela? agachando-se quietinha. Minha querida, *dushka moya* (sobrancelhas

(10)

went up, eyes opened and closed again)
she didn't meet Russians often, this should
be pondered).

¶ masking her face, coating
her sides, pinaforing her stomack
with kisses — all very acceptable while
they remained dry.

¶ Her frail, docile frame when
turned over by hand revealed new
marvels — the mobile omoplates of
a child being tubbed, the incurvation
of a ballerina's spine, narrow nates

10

subiram, olhos se abriram e se fecharam de novo, ela não encontrava russos com frequência, isso deve ser pensado).

Mascarando seu rosto, encasacando seus flancos, aventalando seu estômago com beijos — tudo muito aceitável contanto que continuassem secos.

Sua frágil, dócil silhueta quando girada à mão revelava novas maravilhas — as omoplatas móveis de uma criança sendo posta na banheira, a curvatura da coluna de uma bailarina, nádegas estreitas

of an ambiguous irresistable charm (nature's beastliest bluff, said Paul de G watching a dour old don watching boys bathing)

Only by identifying her with an unwritten, half-written, rewritten difficult book could one hope to render at last what ~~render at last what~~ ~~could one hope to~~ ~~could one hope to~~ ~~to the~~

11

de um irresistível charme ambíguo (o blefe mais bestial da natureza, dizia Paul de G observando um severo e velho cavalheiro que observava meninos no banho).

Só identificando-a com um difícil livro reescrito, semiescrito, não escrito pode alguém ter esperança de retratar afinal o que

(12)

contemporary descriptions of intercourse
so seldom convey, because new born and
thus generalized, in the sense of primitive
organisms of art as opposed to
the personal achievement of great
English poets dealing with
an evening in the country, a bit of
sky in a river, the nostalgia of
remote sounds — things utterly beyond the
(reach) of Homer or Horace. Readers are
directed to that book — on a very
high shelf, in a very bad light — but

12

---

descrições contemporâneas do coito tão raramente transmitem, porque recém-nascidas e assim generalizadas, no sentido de organismos primitivos de arte em oposição aos feitos pessoais dos grandes poetas ingleses que tratam de uma noite no campo, de um pedaço de céu no rio, da nostalgia de sons remotos — coisas absolutamente além do alcance de Homero ou Horácio. Leitores são conduzidos a esse livro — numa prateleira muito alta, com luz muito ruim — mas

(13)

already existing, as magic exists, and death,
and as shall exist, from now on, the mouth
she made automatically while using ~~that towel~~
that towel to wipe her thighs after
the promised withdrawal.
¶   A copy of Glist's dreadful "Glandscape"
(receding ovals) adorned the wall. Vital
and serene, according to philistine Flora.
~~~~ Auroral rumbles and bangs had
begun jolting the cold misty city
¶   She consulted the onyx eye on
her wrist. It was too tiny and not

13

já existente, como a mágica existe, e a morte, e como deve existir, de agora em diante, a boca que ela fez automaticamente ao usar aquela toalha para enxugar suas coxas depois da prometida retirada.

Um exemplar do horrendo "Glandscape" (ovais retrocedendo) de Glist adornava a parede. Vital e sereno, segundo a filisteia Flora. Estrondos e explosões da aurora tinham começado a abalar a fria cidade enevoada[.]

Ela consultou o olho de ônix em seu pulso. Era pequeno demais e não

(14)

costly enough for its size to go right,
she said (translating from Russian)
and it was the first time in ~~my~~ her stormy
life that ~~knowing~~ she knew anyone take of his
watch to make love. But I'm s°ure
it is sufficiently late to ring up another
fellow (stretching her swift cruel
arm toward the bedside telephone)":
¶ She who mislaid everything dialled
fluently a long number
"You were asleep? I've
shattered your sleep? That's what you

14

custara o suficiente para ter o tamanho certo, disse ela (traduzindo do russo) e era a primeira vez em sua vida tormentosa que ela via alguém que tira[va] o relógio para fazer amor. "Mas tenho certeza que é bastante tarde para ligar para outro sujeito (esticando o ágil braço cruel para o telefone no criado mudo)."

Ela que perdia tudo discou com fluência um longo número

"Está dormindo? Incomodei seu sono? É isso que você

deserve. Now listen carefully." And
with tigerish zest, monstrously magnifying
a trivial tiff she had had with
him whose pyjamas (the idiot
subject of the tiff) were changing
the while, in the spectrum of his
surprise and distress, from heliotrope
to a sickly gray, she dismissed
the poor oaf for ever.
    "That's done, she said, resolutely
for replacing the receiver. Was's game now
 ₐanother round, she wanted to know.

15

merece. Agora escute bem." E com tigresco prazer, aumentando monstruosamente um desentendimento trivial que tivera com ele cujo pijama (razão idiota do desentendimento) estava mudando, no espectro de sua surpresa e aflição, de heliotrópio para um cinza enjoativo, ela dispensou o pobre tolo para sempre.

"Está terminado["], disse ela, desligando resolutamente o telefone. Estaria eu disposta para mais um round?, ela queria saber.

No.? Not even a quickie? Well, tant pis.
Try to find me some liquor in their kitchen,
and then take me home.

¶ The position of her head, its trustful
poximity, its gratefully shouldered
weight, the tickle of her hair, endured
all through the drive; yet ~~she was not~~ she was not asleep
and with the greatest exactitude had
the taxi stop to let her out ~~and~~
~~again~~ at the corner of Heine street,
not too far from, nor too close to, her

16

Não? Nem para uma rapidinha? Bom, *tant pis*. Tente achar para mim alguma bebida na cozinha deles e depois me leve para casa.

A posição de sua cabeça, sua confiante p[r]oximidade, o grato peso sobre o ombro, as cócegas do cabelo dela, suportados durante todo o trajeto; no entanto ela não estava dormindo e com a maior exatidão fez o táxi parar para deixá-la na esquina da rua Heine, nem muito longe, nem muito perto, de sua

(17)

house. This was an old villa backed
by tall trees. In the shadows of
a side alley a young man with a mackintosh
over his white pyjamas was wringing
his hands. The street lights were
going out in alternate order, the
odd numbers first. Along the pavement
in front of the villa her obese
husband b, in a rumpled black suit
and tartan booties with clasps, was
walking a striped cat on an overlong
leash. She made for the front door.

17

casa. Era uma antiga villa com altas árvores ao fundo. Nas sombras de uma alameda lateral um rapaz de capa de chuva por cima do pijama branco esfregava as mãos. As luzes da rua estavam se apagando alternadamente, as ímpares primeiro. Pela calçada na frente da casa seu obeso marido, de terno preto amassado e chinelos xadrezes, passeava com um gato listrado numa guia longa demais. Ela foi até a porta da frente.

(18)

Her husband followed, now carrying the
cat. The scene might be called somewhat
incongruous. The animal seemed naively
fascinated by the snake trailing
behind on the ground.
¶¶ Not wishing to harness herself
to futurity, she declined to discuss another
rendez-vous. To prod her slightly, a
messenger called at her domicile three days
later. He brought from the favorite
florist of fashionable girls a banal
bevy ~~of roses and madam roses~~

18

O marido a seguiu, agora carregando o gato. A cena podia ser chamada de um tanto incongr[u]ente. O animal parecia ingenuamente fascinado pela cobra que se arrastava pelo chão logo atrás.

Não querendo prender-se ao futuro, ela declinou discutir mais um encontro. Para provocá-la ligeiramente, um mensageiro compareceu a seu domicílio três dias depois[.] Trouxe do florista favorito das moças da moda um buquê banal

of bird-of-paradise flowers. Cora, the
mulatto chambermaid, who let him in,
surveyed the shabby courier, his comic
cap, his wan countenance with it
three days growth of blond beard, and
was about to embrace his rustling
(raised kerchin and)
load but he said "No, I've been
ordered to give this to madame
herself" "You French?", asked
scornful Cora (the whole scene was
pretty artificial in a fishy theatrical
way). He shook his head — and here

19

de aves-do-paraíso. Cora, a camareira mulata, que o fez entrar, examinou o surrado entregador, o quepe cômico, o rosto pálido com [a] barba loira de três dias, e estava pronta a levantar o queixo e abraçar o embrulho farfalhante mas ele disse "Não, tenho ordem de entregar isto aqui para madame em pessoa." "Você é francês?", perguntou Cora com desdém (a cena toda era bem artificial de um jeito suspeitamente teatral). Ele sacudiu a cabeça — e aqui

(20)

Madame appeared from the breakfast room. First of all she dismissed Cora with the strelitzias (hateful blooms, regalized bananas, really).

¶ "Look," she said to the beaming bum, "if you ever repeat this idiotic performance, I will never see you again. I swear I wont! In fact, I have a great mind —" He flattened her against the wall between his outstretched arms; Flora ducked, and freed herself, and showed him the door; but the telephone was already ringing ~~~~~~~~ ecstatically when he reached his lodgings.

20

madame apareceu da sala de café da manhã. Em primeiro lugar ela dispensou Cora com as estrelítzias (flores odiosas, bananas enfeitadas, realmente).

"Olhe", disse ela ao servo sorridente, "se você repetir essa encenação idiota, nunca mais vejo você. Juro que não! Na verdade, tenho uma grande ideia..." Ele espremeu-a contra a parede entre seus braços abertos; Flora abaixou-se, escapou e mostrou-lhe a porta; mas o telefone já estava tocando loucamente quando ele chegou a suas acomodações.

Two ①

Ch. Two

Her grandfather, the painter Lev Linde,
emigrated in 1920 from Moscow to New York
with his wife Eva and his son Adam. He
also brought over a large collection of his
landscapes, either unsold or loaned to
him by kind friends and ignorant institutions
— that pictures were said to be the glory of Russia,
and the pride of the people. How many times
art albums had reproduced those meticulous masterpieces
— clearings in pine woods, with a bear cub or two, and
brown brooks between thawing snow-banks,
and the vastness of purple heaths!

Dois 1

Cap. Dois

O avô dela, o pintor Lev Linde, emigrou em 1920 de Moscou para Nova York com a esposa Eva e o filho Adam. Levou também uma grande coleção de suas paisagens, ou não vendidas ou emprestadas a ele por amigos gentis e instituições ignorantes — quadros que se dizia serem a glória da Rússia, orgulho do povo. Quantas vezes álbuns de arte haviam reproduzido aquelas meticulosas obras-primas — clareiras em florestas de pinheiros, com um ou dois filhotes de urso, e regatos marrons entre margens nevadas degelando, e a vastidão de charnecas cor de púrpura!

Two ②

Native "decadents" had been calling them "calendar tripe" for the last three decades ~~entertains~~; yet ~~the~~ ^Linde had always had ~~the~~ an army of stout admirers; ~~the~~ mighty few of them turned up this exhibitions in America. Very soon a number of ~~these artists discovered~~ unconsolable oils found themselves being shipped back to Moscow, while another batch ~~moped~~ in rented flats before trouping up to ~~the~~ the attic or ~~creeping down~~ to the market stall.

¶ What can be sadder than a discouraged

Dois 2

Nativos "decadentes" vinham chamando aquilo de "recheio de calendário" há pelo menos três décadas; no entanto Linde sempre tivera um exército de sólidos admiradores; pouquíssimos deles apareceram em suas exposições na América. Bem depressa uma porção de óleos inconsoláveis se viram sendo despachados de volta para Moscou, enquanto outra batelada vagava por apartamentos alugados antes de marchar para o sótão ou rastejar para a banca do mercado.

O que pode ser mais triste que um desalentado

Two (3)

artist dying not from his own commonplace maladies, but from the cancer of oblivion invading his once famous "pictures" such as "April in Yalta" or "The Old Bridge". Let us not dwell on the the choice of the wrong place of exile. Let us not linger at that pity ful bedside. ¶ His son Adam Lind (he dropped the last letter on the tacite advice of a misprint in a catalogue) was more successful. By the age of thirty he he had become a fashionable photographer. He married the ballerina Lanskaya,

Dois 3

artista a morrer não de suas próprias enfermidades banais, mas do câncer do esquecimento a invadir seus quadros um dia famosos como "Abril em Yalta" ou "A Velha Ponte"? Não nos detenhamos na escolha do lugar errado de exílio. Não fiquemos à beira desse triste leito.

Seu filho Adam Lind (ele eliminou a última letra diante do conselho tácito de um erro de impressão em um catálogo) foi mais bem-sucedido. Aos trinta anos havia se tornado um fotógrafo da moda. Casou-se com a ballerina Lanskaya,

Two ④

a delightful dancer, though with something
fragile and gauche about her that kept
her teetering on a narrow ledge between
benevolent recognition and the rave reviews
~~absolutely~~ of nonentities. Her ~~first lovers~~
belonged mostly to the Union of
Property movers, ~~burly~~ simple fellows
of Polish extraction ; but Flora was
probably ~~Adam's~~ Adam's daughter. Three
years after her birth Adam discovered
that the boy he loved had strangled
~~another boy~~ another, unattainable boy

Dois 4

uma adorável bailarina, embora com alguma coisa frágil e gauche em torno dela que a mantinha oscilando na margem estreita entre o reconhecimento benevolente e as delirantes críticas de nulidades. Seus primeiros amantes pertenciam sobretudo ao Sindicato dos Transportadores de Propriedades, sujeitos simples e de extração polonesa; mas Flora era provavelmente filha de Adam. Três anos depois de seu nascimento Adam descobriu que o rapaz que ele amava havia estrangulado outro, inacessível,

Two ⑤

whom he loved even more. Adam Lind had
always had an inclination for trick photography
and this time, before shooting himself
in a Monte-carlo hotel (on the night,
sad to relate, of his wife's very real success
in Piker's "Narcisse et Narcette"),
he geared and focussed his camera in
a corner of the drawing room so
as to record the event from
different angles. These automatic pictures
of his last moments and of a table's lion-paws
did not come out too well; but his widow

Dois 5

que ele amava ainda mais. Adam Lind sempre tivera um pendor para fotografia trucada e dessa vez, antes de se matar com um tiro num hotel de Monte Carlo (na noite, é triste relatar, do sucesso muito real de sua esposa em *Narcisse et Narcette*, de Piker), ele preparou e focalizou sua câmera para um canto da saleta para registrar o acontecimento de diferentes ângulos. Essas fotografias automáticas de seus últimos momentos e das patas de leão de uma mesa não saíram mu[i]to bem; mas sua viúva

Juo ⑥

easily sold them for the price of a flat in
Paris to the local magazine *Pitch* which
specialized in soccer and diabolical
faits-divers.

¶ With her ~~adorable~~ little daughter,
an English governess, a Russian nanny,
and a cosmospolitan lover, she settled in
Paris, then moved to Florence, sojourned in London
and returned to France. Her art was not strong
enough to survive the loss of good looks ~~and~~ a
                                         as well as
certain worsening flaw in her pretty but too
prominent right omoplate, and by the ~~earth~~

Dois 6

vendeu-as com facilidade pelo preço de um apartamento em Paris para a revista local *Pitch* especializada em futebol e *fait divers* diabólicos.

Com sua filhinha, uma governanta inglesa, uma babá russa e um amante cosmopolita, ela instalou-se em Paris, depois mudou para Florença, passou por Londres e voltou para a França. Sua arte não tinha força suficiente para sobreviver à perda de sua beleza e ao agravamento de certo defeito em sua linda embora muito proeminente omoplata direita, e à

Two ⑦

age of forty or so   we find her reduced to giving
dancing lessons   at a not quite first-rate
school in Paris.

¶   Her glamorous ~~Lovers~~ were now replaced
by an elderly but still vigorous Englishmen
~~Englishman~~   who sought abroad a refuge
from taxes and ^a convenient place to conduct
his not quite legal transactions in the
troffic of wines.   He was what used to
be termed a _charmeur_. His name,
no doubt assumed, was **Hubert H. Hubert**.

¶   Flora, a lovely child, as she said

Dois 7

idade de cerca de quarenta anos a encontramos reduzida a dar aulas de dança numa escola não exatamente de primeira classe em Paris.

Seus amantes glamorosos foram então substituídos por um inglês velhote mas ainda vigoroso que buscava no estrangeiro refúgio dos impostos e um lugar conveniente para suas transações não exatamente legais no tráfico de vinhos. Ele era o que se costumava chamar de *charmeur*. Seu nome, sem dúvida adotado, era Hubert H. Hubert.

Flora, uma criança adorável, como ela dizia

Two ⑧

herself with a slight shake (dreamy? ~~incredulous~~
incredulous?) of her head every time she
spoke of those prepubescent years, had
a gray home life marred by ill health,
~~boredom~~ and boredom. Only some very
expensive, super-Oriental doctor with long
gentle fingers could have analyzed her
nightly dreams of erotic torture, in
so called "labs", major and minor
laboratories with red curtains. She did
not remember her father and rather disliked
her mother. She was often alone in

Dois 8

de si mesma com um ligeiro tremor (sonhador? Incrédulo?) de cabeça cada vez que falava desses anos pré-pubescentes, levava uma vida doméstica cinzenta marcada pela saúde frágil e pelo tédio. Só um certo médico muito caro, superoriental com longos dedos delicados poderia ter analisado seus sonhos noturnos de tortura erótica em pretensos "laboratórios", instituições maiores e menores de cortinas vermelhas. Ela não se lembrava do pai e desgostava bastante da mãe. Ficava muitas vezes sozinha em

Two (9)

the house with Mr. Hubert, who constantly "prowled" (*rodait*) around her, humming a monotonous tune and sort of mesmerising her, envelopping her, so to speak in some sticky invisible substance and coming closer and closer no matter what way she turned. For instance she did not dare to let her arms hang aimlessly lest her knuckles came into contact with some horrible part of that kindly but smelly and "pushing" old ~~married~~ male.

Dois 9

casa com o sr. Hubert, que "rondava" (*rodait*) em torno dela, murmurando uma canção monótona, meio a hipnotizá-la, envolvendo-a, por assim dizer em alguma pegajosa substância invisível e chegando mais e mais perto não importa para que lado ela fosse. Por exemplo ela não ousava deixar os braços penderem sem objetivo temendo que seus dedos entrassem em contato com alguma parte horrível daquele gentil, mas malcheiroso e "insistente" velho.

Two ⑩

(her)

He told stories about his sad life, he told
her about his daughter who was
just like her, same age – twelve – , same
eyelashes – darker than the dark blue of the iris,
same ~~eyes~~ hair, blondish or rather
palomino, and so silky – if he could
be allowed to stroke it, or
l'effleurer des lèvres, like this,.
That's all, thank you. Poor Daisy
had been crushed to death by
a backing lorry on a country road
– short cut home from school –

Dois 10

Ele contava histórias de sua triste vida, contou-lhe sobre a filha que era igualzinha a ela, mesma idade — doze anos — mesmos cílios — mais escuros que o azul-escuro da íris, mesmo cabelo, alourado ou mais para baio, e tão sedoso — se ele pudesse tocá-lo, ou *l'effleurer des levres*, deste jeito, só isso, obrigado. Pobre Daisy tinha sido esmagada por uma carreta dando marcha a ré numa estrada campestre — um atalho da escola para casa —

Two (11)

through a muddy construction site — abominable
tragedy — her mother died of a broken heart.
Mr. Hubert sat on Flora's bed and nodded his bald head acknow-
ledging all the inoffences of life, and
wiped his eyes with a violet ~~handkerchief~~
handkerchief which turned orange — a
little parlor trick— when he stuffed it back
into his heart-pocket, and continued to
nod ~~looked~~ as he tried to adjust
his thick outsole to a pattern of
the carpet. He looked now like a
not too successful conjuror paid to tell

Dois 11

passando por um lamacento canteiro de obras — tragédia abominável — sua mãe morreu de desilusão. O sr. Hubert sentou na cama de Flora e balançou a cabeça careca em aceitação a todas as ofensas da vida, e enxugou os olhos com um lenço violeta que se transformou em alaranjado — um pequeno truque de salão — quando o guardou de volta no bolso do peito, e continuou a balançar a cabeça enquanto tentava acomodar a grossa sola do sapato a um padrão do tapete. Ele agora parecia um mágico não muito bem-sucedido contratado para contar

Two ⑫

fairytales to a sleepy child at bedtime, but
he sat a little too close. Flora wore a
nightgown with short sleeves copied from
that of the Montglas de Sancerre girl,
~~hard brute maniacal vod~~ a very sweet
and depraved schoolmate, who
taught her where to kick an enterprising
gentleman.

A week or so later Flora happened
to be laid up with a chest cold The mercury
went up to 38° in the late afternoon
and she complained of a dull buzz

Dois 12

histórias de fadas a uma criança sonolenta na hora de dormir, mas sentou-se um pouco perto demais. Flora usava uma camisola de mangas curtas copiada daquela usada pela menina Montglas de Sancerre, uma colega de escola muito querida e depravada, que a ensinou onde chutar um cavalheiro ousado.

Quase uma semana depois Flora veio a cair com uma bronquite. O termômetro subiu a 38° no fim da tarde e ela reclamou de um zumbido surdo

Two (13)

in the temples. Mrs Lind cursed the old
housemaid for buying asparagus instead
of Asperin and hurried to the pharmacy
herself. Mr Hubert had brought his
pet a thoughtful present: a miniature
chess set ("she knew the moves") with
tickly-looking little holes bored in the squares
to admit and grip the red and white
pieces; the pin-sized pawns penetrated
easily, but the slightly larger noblemen
had to be forced in with an ennervating
joggle. The pharmacy was perhaps closed

Dois 13

nas têmporas. A sra. Lind xingou a velha criada por comprar aspargos em vez de aspirinas e correu pessoalmente à farmácia. Sr. Hubert tinha levado à sua queridinha um presente atencioso: um jogo de xadrez portátil ("ela sabia os movimentos") com buraquinhos que pareciam carrapatos nas casas para receber e prender as peças vermelhas e brancas; os peões pequenos como agulhas penetravam com facilidade, mas as peças da realeza, ligeiramente maiores, tinham de ser forçadas com um empurrão enervante. A farmácia talvez estivesse fechada

Two (14)

and she had to go to the one next to the church or else she had met some friend of hers in the street and would never return. A fourfold smell — tobacco, sweat, rum and bad teeth — emanated from poor old harmless Mr Hubert, it was all very pathetic. His fat porous nose with red nostrils full of hair nearly touched her bare throat as he helped to prop the pillows behind her shoulders, and the muddy road was again, was for ever a short cut between here and school, between school and death,

Dois 14

e ela teve de ir àquela perto da igreja ou então encontrou alguma amiga na rua e não voltava nunca. Um cheiro quádruplo — tabaco, suor, rum e dentes ruins — emanava do pobre velho e inofensivo sr. Hubert, era tudo muito patético. Seu nariz grosso e poroso com narinas vermelhas cheias de pelos quase tocou seu pescoço nu quando ele ajudou a acomodar os travesseiros sob seus ombros, e a estrada lamacenta era de novo, era para sempre um atalho entre ela e a escola, entre a escola e a morte,

Two (15)

with Daisy's bycycle wobbling in the
indelible fog. She, too, had "known
the moves", and had loved the en passant
trick as one loves a new toy, but it
cropped up so seldom, though he tried
to prepare those magic positions where the
ghost of a pawn can be captured on the square
it has crossed. Fever, however, turns games of
skill into the stuff of nightmares. After
a few minutes of play Flora grew tired
of it, put a rook in her mouth, ejected it,

Dois 15

com a bicicleta de Daisy cambaleando no nevoeiro indelével. Ela também "sabia os movimentos" e adorava o truque *en passant* como se adora um brinquedo novo, mas isso acontecia tão raramente, embora ele tentasse preparar aquelas posições mágicas em que o fantasma de um peão pode ser capturado na casa que tinha atravessado.

A febre, porém, transforma jogos de habilidade em matéria de pesadelo. Depois de poucos minutos de jogo, Flora se cansou, pôs uma torre na boca, ejetou-a,

Two (16)

clowning dully. She pushed the board away
and Mr. Hubert carefully removed it to the chair
that supported the tea things. Then, with a
father's sudden concern, he said " I'm afraid
you are chilly, my love," and plunging a
hand under the bedclothes from his vantage
point at the footboard, he felt her shins
Flora uttered a yelp and then a few
screams. Freeing themselves from the
tumbled sheets her pedalling legs hit
him in the crotch. As he lurched aside,
the teapot, a saucer of raspberry jam,

Dois 16

brincando sem energia. Ela empurrou o tabuleiro e o sr. Hubert removeu-o cuidadosamente para a cadeira onde estavam as coisas do chá. Então, com a súbita preocupação de um pai, ele disse "acho que você deve estar com frio, meu amor," e mergulhando a mão debaixo das cobertas de sua posição privilegiada aos pés da cama, tocou as canelas dela[.] Flora soltou um ganido e depois alguns gritos. Libertando-se dos lençóis presos sob a cama suas pernas pedalaram e o atingiram na virilha. Quando ele deu uma guinada de lado, a chaleira, um pires de geleia de framboesa,

Two (17)

an several tiny chessmen joined in the silly fray. Mrs Lind who had just returned and was sampling some grapes she had bought, heard the screams and the crash and arrived at a dancer's run. She soothed the absolutely furious, deeply insulted Mr Hubert before scolding her daughter. He was a dear man, and his life lay in ruins all around him. He wanted to marry him, saying she was the image of the young actress who had been his wife, and indeed to judge by the photographs

Dois 17

[e] diversos peõezinhos do xadrez juntaram-se na tola refrega. A sra. Lind que tinha acabado de voltar e estava experimentando umas uvas que comprara, ouviu os gritos, o espatifar, e chegou numa corrida de dançarina. Acalmou o sr. Hubert absolutamente furioso, profundamente insultado, antes de ralhar com a filha. Ele era um homem querido, e sua vida estava totalmente em ruínas. Queria [que ela] se casasse com ele, dizendo que ela era o retrato da jovem atriz que tinha sido sua esposa, e de fato a julgar pelas fotografias

Two ⑱

she, Madame Lanskaya, did ~~resemble~~
~~resemble~~ poor Daisy's mother.
¶ There is little to be ~~added~~ about the
~~little~~ incidental, but not unattractive
Mr Hubert H. Hubert. He ~~lodged for another~~
~~happy~~ year in that cosy house and
died of a stroke in a hotel lift
after a business dinner. Going up,
one would like to surmise.

— · —

Dois 18

ela, madame Lanskaya, parecia mesmo com a pobre mãe de Daisy.

Pouco existe a acrescentar ao incidental, mas não despojado de atrativos sr. Hubert H. Hubert. Ele ficou morando durante mais um ano feliz naquela casa aconchegante e morreu de enfarto num elevador de hotel depois de um jantar de negócios. Subindo, gostaríamos de imaginar.

Ch. Three   Three ①

Flora was barely fourteen when she lost
her virginity to a coeval, a handsome ballboy
at the Carlton Courts in Cannes. Three or four
broken porch steps — which was all that remained
of an ornate public toilet, or some ancient
templet — smothered in mints and campanulas
and surrounded by junipers, formed the
the site of a duty she had resolved to
perform rather than a casual pleasure she
was now learning to taste. She observed
with quiet interest the difficulty Jules had
of drawing a junior-size sheath over an

Três 1

Cap. Três

Flora mal completara catorze anos quando perdeu a virgindade para um coetâneo, um belo gandula das Quadras Carlton em Cannes. Três ou quatro degraus quebrados de varanda — que eram tudo o que restava de um ornamentado banheiro público ou algum antigo templete — sufocado de hortelãs e campânulas e cercado de zimbro, constituía o local de um dever que ela resolvera cumprir mais do que um prazer casual que ela agora estava aprendendo a experimentar. Ela observou com calado interesse a dificuldade de Jules para colocar uma camisinha tamanho júnior sobre um

Three ②

organ that looked abnormally stout and had a head turned somewhat askew as if wary of receiving a backhand slap at the decisive moment. Flora let Jules do everything he desired except kiss her on the mouth, and the only words said referred to the next assignation.

¶ One evening after a hard day of picking up and tossing balls and pattering in a crouch across court between the rallies of a long tournament the poor boy, stinking more than usual, pleaded

Três 2

órgão que parecia anormalmente vigoroso e que em plena ereção tinha a cabeça virada um pouco de lado como se temesse receber uma bofetada no ~~momento decisivo~~. Flora deixou Jules fazer tudo o que ele quis exceto beijar na boca, e as únicas palavras trocadas foram a respeito do próximo encontro.

Uma noite depois de um dia duro pegando e atirando bolas e correndo abaixado de um lado a outro da quadra durante os sets de um longo campeonato o pobre rapaz, fedendo mais que o usual, alegou

Three ③

utter exhaustion and suggested going to a
movie instead of making love; whereupon she
walked away through the high heather
and never saw Jules again — except when
taking her tennis lessons with the old
Basque in uncreased white trousers who
had coached players in Odessa before
World War One and still retained
his effortless exquisite style.
¶ Back in Paris Flora found
new lovers. With a gifted youngster
from the Lanskaya school and another

Três 3

absoluta exaustão e sugeriu um cinema em vez de fazerem amor; diante do que ela foi embora pelas altas urzes e nunca mais viu Jules — a não ser quando tinha lições de tênis com um enfadonho velho basco de calças brancas sem vinco, que tinha treinado jogadores em Odessa antes da Primeira Guerra Mundial e ainda conservava seu refinado estilo sem esforço.

De volta a Paris Flora encontrou novos amantes. Com um jovem talentoso da escola [Lanskaya] e outro

Three (4)

eager, more or less interchangeable couple
she would bycycle through the Blue Fountain
Forest to a romantic refuge where a
sparkle of broken glass or a lace-edged
rag on the moss were the only signs of
an earlier period of literature. A cloudless
September maddened the crickets. The girls
would compare the dimensions of their companions.
Exchanges would be enjoyed with giggles
and cries of surprise. Games of blindman's
buff would be played in the buff. Sometimes
a voyeur would be shaken out of a
tree by the vigilant police.

Três 4

ávido, mais ou menos intercambiável casal ela atravessaria de bicicleta a floresta da Fonte Azul até um refúgio romântico onde um cintilar de vidro quebrado ou um trapo com barra de renda sobre o musgo eram os únicos sinais de um período anterior de literatura. Um setembro sem nuvens enlouquecia os grilos. As garotas comparavam as dimensões de seus companheiros. As trocas eram saboreadas com risos e gritos de surpresa. Brincavam de cabra-cega ao natural. Às vezes um voyeur era sacudido de uma árvore pela vigilante polícia.

Three ⑤

¶ This is Flora of the close-set dark-blue ~~eyes~~ eyes and cruel mouth recollecting in her midtwenties fragments of her past, with details lost or put back in the wrong order, TAIL between DELTA and SLIT, on dusty dim shelves, this is she. Everything about her is bound to remain blurry, even her name which seems to have been made expressly to have another one modelled upon it by a fantastically lucky artist. Of art, of love, of the

Três 5

Essa é Flora de olhos azuis-escuros muito juntos e boca cruel relembrando em vinte e poucos anos fragmentos de seu passado, com detalhes perdidos ou colocados na ordem errada, TRASEIRO ent[r]e DELTA e FENDA, em escuras prateleiras empoeiradas, essa é ela. Tudo sobre ela tende a permanecer borrado, até mesmo seu nome que parece ter sido feito expressamente para ter um outro modelado a partir dele por um artista de sorte fantástica. De arte, de amor, da

three (6)

difference between dreaming and waking she
knew nothing but would have darted
at you like a flatheaded blue serpent if
you questioned her ~~knowledge of dreaming~~,

Três 6

diferença entre sonhar e acordar ela não sabia nada mas pulava em cima de você como uma serpente azul de cabeça chata se você a questionasse.

@ Freud ④

She returned and & mass.
Walt her mother and
Mr. Espenshade tó Sutton when she was born
and now were to college in that town

~~[crossed out]~~

At eleven she had read A quoi
rêvent les ~~[crossed out]~~ enfants, by a
certain Dr Freud, a madmen.

St Leger d'Exe
~~Often~~ The extracts came in a perse
great
série of Les représentant de notre époque
though why great représent wrote
so badly remained ~~was~~ a mystery

Três 7

Ela voltou com a mãe e o sr. Espenshade para Sutton, Mass. onde nasceu e agora ia para a faculdade naquela cidade.

Aos onze anos tinha lido *A quoi revent les enfants*, de um certo dr. Freud, um louco.

Os excertos vinham numa série St. Leger d'Eric Perse de Les [grandes] representant de notre epoque embora permanecesse um mistério por que grandes represent[antes] escreviam tão mal

Sutton College   Ex ◯

A sweet Japanese girl, who took Russian *and French*
because her stepfather was half French, and half Russian,
taught Flora to paint her left hand up to the radial
artery (one of the tenderest areas of her
beauty) with minuscule information, in
so called "fairy" script, regarding names, dates
and ideas. Both cheats had more French, than
Russian; *but* in the latter the possible questions
formed, as it were a banal bouquet of
probabilities:

Ex [0]

Sutton College

Uma doce garota japonesa, que fazia russo e francês porque o padrasto era metade francês, metade russo, ensinou Flora a pintar a mão esquerda até a artéria radial (uma das áreas mais macias de sua beleza) com minúsculas informações, numa pretensa "escrita de fada", gravando nomes, datas e ideias. As duas trapaceiras faziam mais francês do que russo; mas nesta última as perguntas possíveis formavam, por assim dizer, um buquê banal de probabilidades:

Ex Q

Kind of   in Rus?

What (folklore preceded poetry); speak a little of
~~that~~ Lom. and Derzh.; paraphrase T's
letter to E.O.; what does T.T.'s doctor
deplore about the temperature of his own hands
      ^
when preparing to _____ his patient? — such
                     demanded by
was the information ^ the Profsom of Russian
Literature (a forlorn looking man bored
to extinction by his subject). As to the lady
who taught French Literature all she needed
were the names of modern French writers
and their listing on Flora's palm caused
a much denser tickle Especially memorable

Ex [1]

Que tipo de folclore precedeu a poesia na Rus?; falar um pouco de Lom. e Derzh.; parafrasear a carta de T para E.O.; o que o médico de I. I. deplora sobre a temperatura de suas próprias mãos ao se preparar para [ ] seu paciente? — esse tipo de informação era o que pedia o professor de literatura russa (um homem de aparência desamparada entediado até a extinção por sua disciplina escolar).* Quanto à dama que ensinava literatura francesa[,] tudo o que ela pedia eram os nomes de autores franceses modernos e a listagem deles na palma da mão de Flora provocava cócegas muito mais densas[.] Especialmente memorável

---

* As referências são a Lomonsov e Derzhavin, Tatyana e Eugene Onegin de Pushkin, e ao Ivan Ilitch de Tolstoi; [ ] é usado para indicar espaços em branco intencionais em todo o texto. — Dmitri Nabokov

modern French writers   Ex

was the cluster of interlocked names on the ball of
Flora's thumb: Malraux, Mauriac, Maurois, Michaux,
Michima, Montherland, and Morand. What
amazes one is not the alliteration (a joke
on the part of a mannered alphabet);
not the inclusion of a foreign performer (a
joke on the part of that fun loving little
Japanese girld who would twist her
limbs into a pretzel when entertaining
Flora's Lesbian friends); and not even
the fact that virtually all those
writers were stunning mediocrities

Ex [2]

Autores franceses modernos

era o pequeno amontoado de nomes entrelaçados na base do polegar de Flora: Malraux, Mauriac, Maurois, Michaux, Michima, Montherland e Morand. O que é de admirar não é a aliteração (uma piada da parte de um alfabeto pedante); nem a inclusão de um performer estrangeiro (uma piada da parte da brincalhona japonesinh[a] que retorcia os membros como uma rosca pretzel para entreter as amigas lésbicas de Flora); nem mesmo o fato de que praticamente todos esses escritores eram formidáveis mediocridades

Ex

as writers go (the first in the list
being the worst) ; what amazes one
is that they were supposed ~~~~ to
"represent an era" and that ~~~~ such
representants ~~~~ could get
away with the most execrable writing,
provided they represent their times.

Ex [3]

como escritores (o primeiro da lista o pior de todos); o que assombra é que eles devessem "representar uma era" e que tais representantes conseguissem se safar com a mais execrável escritura, uma vez que representavam sua época.

Four ①

Chapter Four

A Mrs Lanskaya died on the day her daughter graduated from Sutton College. A new fountain had just been bequeated to its campus by a former student, the widow of a shah. Generally speaking, one should carefully preserve in transliteration the feminine ending of a Russian surname (such as -aya, instead of the masculine -iy or -oy) when the woman in question is an artistic celebrity. So let it be "Landskaya" — land and sky and the melancholy echo

Quatro 1

Capítulo Quatro

A sra. Lanskaya morreu no dia em que sua filha formou-se no Sutton College. Uma nova fonte acabara de ser legada ao campus por uma ex-aluna, a viúva de um xá. Em termos gerais, deve-se preservar cuidadosamente na transliteração a terminação feminina de um sobrenome russo (tal como *-aya*, em vez do masculino *-iy* ou *-oy*) quando a mulher em questão é uma celebridade artística. Então que seja "Landskaya" — land e sky e o eco melancólico

Four ②

of her dancing name. The fountain took
quite a time to get correctly erected after
an initial series of unevenly spaced
spasms. The potentate had been potent
till the absurd age of eighty. It was
a very hot day with its blue somewhat
veiled. A few photographs moved among
the crowd as indifferent to it as
specters doing their spectral job.
And certainly for no earthly reason does
this passage ~~resemble in rythm~~
resemble in rythm another novel,

Quatro 2

de seu nome de dançarina. A fonte exigiu um bom tempo para ser erguida corretamente depois de uma série inicial de irregulares espasmos espaçados. O potentado tinha sido potente até a absurda idade de oitenta anos. Era um dia muito quente com seu azul um tanto velado. Uns poucos fotógraf[o]s se deslocavam pela multidão, tão indiferentes quanto espectros a fazer seu trabalho espectral. E decerto por nenhuma razão na terra esta passagem se parece em r[i]tmo com outro romance,

Four ③

My Laura, where the mother appears as
"Maya Umanskaya", a fabricated film
actress.

Anyway, she suddenly collapsed
on the lawn in the middle of the
beautiful ceremony. A remarkable picture
commemorated the event in "File". It showed
Flora kneeling belatedly in the act of
taking her mother's non-existent pulse, and
it also showed a man of great corpulence
and fame, still unacquainted with Flora:
he stood just behind her, head bared
and bowed, staring at the white of her

Quatro 3

Minha Laura, em que a mãe aparece como "Maya Umanskaya", uma estrela de cinema inventada.

De qualquer forma, ela de repente desabou no gramado no meio da linda cerimônia. Uma foto notável comemorou o evento na "File". Mostrava Flora ajoelhada tardiamente no ato de tomar o pulso não existente de sua mãe, e mostrava também um homem de grande corpulência e fama, ainda desconhecido de Flora: parado bem atrás dela, cabeça descoberta e curvada, olhando o branco de suas

Four ④

legs under her black gown and at the
fair hair under her academic cap.

Quatro 4

pernas debaixo da toga preta e o cabelo loiro debaixo do chapéu acadêmico.

Five ① ▨

Chapter Five

¶ A brilliant neurologist, a renowned lecturer
a gentleman of independent means, Dr Philip
Wild had everything save an attractive
exterior. However, one soon got over the
shock of seeing that enormously fat
creature mince toward the lectern on
ridiculously small feet and of
hearing the cock-a-doodle sound with
which he cleared his throat before starting
to enchant one with his wit. Laura disregarded
the wit but was mesmerized by his fame
and fortune.

Cinco 1

Capítulo Cinco

Um brilhante neurologista, um renomado palestrante [e] um cavalheiro de meios independentes, o dr. Philip Wild tinha tudo menos um exterior atraente. No entanto, a pessoa logo se recuperava do choque de ver aquela criatura imensamente gorda marchar para o púlpito sobre pés ridiculamente pequenos e ouvir o som cacarejado com que ele limpava a garganta antes de começar a encantar a todos com seu brilho. Laura não levou em conta o brilho mas ficou fascinada com sua fama e fortuna.

Fire ②

¶ Fans were back that summer — the summer she made up her mind that the eminent Philip Wild, PH, would marry her. She had just opened a boutique d'éventails with another Sutton coed and the Polish artist Rawitch, pronounced by some Raw Itch, by him Rah Witch. Black fans and violet ones, fans like orange sunbursts, painted fans with clubtailed chinese butterflies oh they were a great hit, and one day Wild came and bought five (five speading out her own fingers like pleats)

Cinco 2

Os leques estavam de volta naquele verão — o verão em que ela decidiu que o eminente Philip Wild, PH, se casaria com ela. Ela havia acabado de abrir uma *boutique d'éventails* com outra colega da Sutton e o artista polonês Rawitch, pronunciado por alguns Raw Itch [Coceira Louca], por ele próprio Rah Witch. Leques pretos e violeta, leques como explosões alaranjadas, leques pintados com libélulas chinesas ah eram um grande sucesso, e um dia Wild veio e comprou cinco (*cinco* abrindo seus dedos da mão como pregas)

Fire ②

for " two aunts and three nieces " who did
not really exist, but never mind, it was
an unusual extravagance on his part
His shyness suprised and amused Flaura.
⁋ Less amusing suprises awaited her.
To-day after three years of marriage she
had enough of his fortune and fame.
He was a domestic miser. His New Jersey
house was absurdly understaffed. The
ranchito in Arizona had not been
redecorated for years. The villa on the

Cinco 3

para "duas tias e três sobrinhas" que não existiam de verdade, mas não tem importância, era uma rara extravagância da parte dele[.] Sua timidez surpreendeu e divertiu FLaura.

Surpresas menos divertidas a esperavam. Hoje depois de três anos de casamento ela está farta de sua fortuna e fama. Ele era um avarento doméstico. Sua casa em Nova Jersey era absurdamente malservida. O ranchito no Arizona não era redecorado havia anos. A villa na

Five 4

Riviera had no swimming pool and only
one bathroom. When she started to change
all that, he would emit a kind of
mild creak or squeak, and his brown eyes
brimmed with sudden tears.

9

Cinco 4

Riviera não tinha piscina e apenas um banheiro. Quando ela começou a mudar tudo isso, ele emitia uma espécie de tênue chiado ou guincho, e os olhos castanhos enchiam-se de súbitas lágrimas.

Five ⑤

~~Chapter Three~~

She saw their travels in terms of
adverts and a long talcum-white beach with
the tropical breeze tossing the palms and her hair;
he saw it in terms of forbidden foods,
frittered away time, and ghastly expenses.

Cinco 5

Ela via as viagens deles em termos de anúncios e uma longa praia branca como talco com uma brisa tropical agitando as palmeiras e seu cabelo; ele as via em termos de comidas proibidas, perda de tempo e horrendas despesas.

Ivan Vaughan   Five 1

chapter ~~Five~~

My ~~novelly~~
The novel [Laura] was begun very soon
after the end of the love affair it depicts,
was completed in one year and published
three months later. And promptly torn apart
by a book reviewer in a leading newspaper.
It grimly survived and to the accompaniment
of muffled grunts on the part of the
librarian fates, its invisible hoisters, it
wriggled up to the top of the bestsellers' list
then started to slip, but stopped at a
midway step in the vertical ice: A dozen

Cinco 1

*Capítulo [Cinco]**
Ivan Vaughan

O romance *Minha Laura* foi iniciado logo depois do final do caso amoroso que narra, foi completado em um ano, publicado três meses depois e prontamente despedaçado por um crítico de um jornal importante. Sobreviveu severamente e com o acompanhamento de grunhidos abafados da parte das Parcas bibliômanas, suas protetoras invisíveis, infiltrou-se no alto da lista de mais vendidos e depois começou a escorregar, mas parou a meio caminho no gelo vertical. Uma dúzia

---

* Este capítulo foi originalmente numerado como capítulo cinco, mas parece que o autor teve a intenção de alterar seu número.

Five 2

Sundays passed and one had the impression
that Laura had somehow got stuck on
the seventh step (the last respectable one)
or that, perhaps, some anonymous agent
working for the author was buying up
every week just enough copies to keep
Laura there ; but a day came when the
climber above lost his foothold and toppled
down dis loging number seven and eight and
nine in a general collapse beyond
any hope of recovery.

Cinco 2

de domingos se passou e tinha-se a impressão de que *Laura* havia de alguma forma grudado no sétimo degrau (o último respeitável) ou que, talvez, algum agente anônimo trabalhando para o autor estivesse [comprando] toda semana os exemplares necessários para manter *Laura* ali; mas veio o dia em que o alpinista acima perdeu pé e despencou, deslocando o[s] número[s] sete, oito e nove num colapso geral além de qualquer esperança de recuperação.

Five 3

¶ The "I" of the book is ~~[illegible]~~ a neurotic and hesitant man of letters, who destroys his mistress in the act of portraying her. Statically — if one can put it that way — the portrait is a faithful one. Such fixed details as her trick of opening her mouth when toweling her inguen or of closing her eyes when smelling an inodorous rose are absolutely true to the original^

Cinco 3

O "eu" do livro é um homem de letras neurótico e hesitante que destrói sua amante no ato de retratá-la. Estaticamente — se se pode colocar assim — o retrato é fiel. Detalhes fixados como seu truque de abrir a boca ao enxugar com a toalha a virilha ou de fechar os olhos ao cheirar uma rosa inodora são absolutamente fiéis ao original.

spare prose of the author

Similarly

with its pruning of rich adjectives

Assim como [a] prosa esparsa do autor com sua parcimônia de adjetivos.

Philip Wild read "Laura" where
he is sympathetically depicted as a conventional
"great scientist" and though not a single
physical trait is mentioned, comes out
with astounding classical clarity.
under the name of ~~Philip~~ Philidor Sauvage
the

Philip Wild leu "Laura" onde ele é indulgentemente descrito como um "grande [c]ientista" conve[n]cional e embora nem um único traço físico seja mencionado, é revelado com assombrosa clareza clássica, sob o nome de Philidor Sauvage

(find substitute term for enkephalin)

Times Dec 18 75

"An enkephalin [c?] ~~present in the brain~~ present in the brain
has now been produced synthetically." "It is
like morphine and other opiate drugs"
Further research will show how and why
"morphine has for centuries produced relief
from pain and feelings of euphoria".
  [invent tradename, e.g cephalopium]
[y taught thought to mimick an
   imperial   an awsome message
~~crtime~~ neurotransmitter carrying
a   my order of self destruction
to my ~~own~~ brain. Suicide made
                    a pleasure,

[*Capítulo Seis*]

Times 18 de dez. 75

"Uma enquefalina presente no cérebro acaba de ser produzida sinteticamente." "É semelhante à morfina e a outras drogas opiáceas." Pesquisas futuras demonstrarão como e por que "a morfina há séculos produz alívio da dor e sensação de euforia."

(inventar nome comercial, e.g. cephalopium; encontrar termo substituto para enquefalina)

Ensinei o pensamento a mimetizar um neurotransmissor imperial, um as[s]ombroso mensageiro que conduz minha ordem de autodestruição para meu próprio cérebro. Suicídio transformado num prazer,

80—

c/s tempting emptiness

D 0

D
seu vazio tentador

settingfor "like"

D 1

The student who desires to die should learn first of all to project a mental image of himself upon his inner blackboard. This surface which at its virgin best has a dark-plum, rather than black, depth of opacity is none other than the underside of one's closed eyelids. ¶ To ensure a complete smoothness of background, care must be taken to eliminate the hypnagogic gargoyles and entoptic swarms which plague tired

D 1

Acomodando-se com uma única linha

O estudante que deseja morrer tem de aprender primeiramente a projetar uma imagem mental de si mesmo sobre seu quadro-negro interior. Essa superfície que em sua melhor virgindade tem dimensão de opacidade mais ameixa-escura do que negra, não é outra coisa senão o lado interno das pálpebras fechadas de cada um.

Para garantir uma completa uniformidade do fundo, é preciso tomar o cuidado de eliminar todas as gárgulas hipnagógicas e enxames entópticos que infernizam

52

vision after ~~~~~~~ to a surfeit of
poring over a collection of coins
or insects. Sound sleep and an eyebath
should be enough to cleanse the locus.
　　Now comes the mental image. In
preparing for my own experiments — a
long fumble which these notes shall
~~~~~ help novices to avoid — I toyed
with the idea of drawing a fairly detailed,
fairly recognizable portrait of myself
on my private blackboard. I see myself

D 2

a visão cansada por um excessivo debruçar-se sobre uma coleção de moedas ou de insetos. Bom sono e um banho ocular devem ser suficientes para limpar o local.

Agora vem a imagem mental. Ao me preparar para meu próprio experimento — uma prolongada confusão que estas notas devem ajudar os novatos a evitar — brinquei com a ideia de desenhar um retrato bastante detalhado, bastante reconhecível de mim mesmo em meu quadro-negro particular. Vejo a mim mesmo

23

in my closet glass as an obese bulk
~~polar~~ with formless features ~~~~ and
a sad porcine stare; but my visual
imagination is nil , and I then am quite
unable to tuck Nigel Yelling under my
eyelid, let alone keeping him there in
~~~~ a fixed aspect of flesh for
any length of time. I then tried
various stylizations: a Yelling-like doll,
a sketchy skeleton. or would the
letters of my name do? Its recurrent "i"
~~~~

D 3

no espelho de meu armário como um vulto obeso com traços informes e um triste olhar porcino; mas minha imaginação visual é nula, sou inteiramente incapaz de pregar Nigel D[a]lling debaixo de minha pálpebra, quanto mais mantê-lo ali com um aspecto fixo de carne por qualquer período de tempo. Tentei então várias estilizações: um boneco D[a]llingnesco, um esqueleto esquemático. Ou será que as letras de meu nome serviriam? O "i"[eu] recorrente

~~coinciding with our favorite pronoun)~~

(suggested an elegant solution : a simple
vertical line across my field of
inner vision ~~and~~ could ~~be~~ chalked ~~in~~ in
an instant, and what is more I
could mark lightly by transverse
~~marks~~ the three divisions
of my physical self : legs, torso, and
head.

D 4

coincidindo com nosso pronome favorito sugeriu uma elegante
solução: uma simples linha vertical através do meu campo de visão interna podia ser riscada a giz num instante, e além disso eu
podia marcar de leve com marcas transversais as três divisões de
meu eu físico: pernas, torso e cabeça.

¶ Several months have now gone ~~passed~~ since I began working — not every day and not for protracted periods — on the upright line, emblemazing me. Soon, with the strong thumb of thought I could rub out its base, which corresponded to my joined feet. Being new to the process of self-deletion, I attributed the ecstatic relief of getting rid of my toes (as represented by the white pedicule I was erasing with more than masturbatory joy) to the fact that, ever since ~~I~~ I suffered torture

D 5

Muitos meses agora se passaram desde que comecei a trabalhar — não todos os dias e não por períodos prolongados — na linha vertical que me simboliza. Logo, com o polegar forte do pensamento eu podia borrar sua base, que corresponde aos meus pés juntos. Novato no processo de autoapagamento, eu atribuí o meu êxtase de alívio ao me livrar dos meus dedos dos pés (conforme representado pelo pedículo branco que eu apagava com alegria mais que masturbatória) ao fato de que sofri tortura desde que

26

the sandals of childhood were replaced by
smart shoes, whose very polish reflected
pain and poison. So what a delight it
was to amputate my tiny feet! Yes, tiny,
yet I always wanted them, rollypolly dandy
that I am, to seem even smaller. The
daytime footware (chi) always hurt, always hurt.
~~when~~ I waddled home from work and
replaced the agony of my dapper oxfords by
the comfort of old bed slippers. This act of
mercy inevitably drew from me a voluptous

D 6

as sandálias da infância foram substituídas por sapatos elegantes, cujo próprio brilho refletia dor e veneno. Então que delícia foi amputar meus minúsculos pezinhos! Sim, minúsculos, no entanto eu sempre os quis, dândi almofadinha que sou, que eles fossem ainda menores. O calçado diurno sempre machucava, sempre machucava. Eu me arrastava do trabalho para casa e trocava a agonia dos meus garbosos oxfords pelo conforto de velhos chinelos de quarto. O ato de misericórdia inevitavelmente arrancava de mim um volupt[u]oso

D7

sigh which my wife, whenever I imprudently
let her hear it, denounced as vulgar,
disgusting, obscene. Because she was a
cruel lady or because she thought I
might be slouching on purpose to irritate her,
she once ~~or~~ hid my slippers, hid them
furthermore in separate spot as one does
with delicate siblings in ~~orphanages~~ orphanages,
especially on chilly nights, but I forthwith
went out and bought twenty pairs of soft, soft
carpetoes while hiding my tear-stained ~~face~~
under a fallen Christmas mask, which frightened the shopgirls.

D 7

suspiro que minha esposa, sempre que imprudentemente eu dei-
xava que ela ouvisse, denunciava como vulgar, repulsivo, obsceno.
Como [ela] era uma dama cruel ou porque achava que eu podia
estar fazendo palhaçada de propósito para irritá-la, ela uma vez
escondeu meus chinelos, escondeu-os além do mais em loca[is]
separados como se faz com irmãos delicados em orfanatos, principalmente em noites frias, mas eu imediatamente saí e comprei
vinte pares de Carpetoes macios, macios, com meu rosto banha-
do de lágrimas escondido com uma máscara de Papai Noe[l], que
assustou as vendedoras.

the orange awnings of southern summers.

28

¶ For a moment I wondered with some
apprehension if the deletion of my procreative
system might produce nothing much more
than a magnified orgasm. I was relieved
to discover that the process continued ~~the~~
sweet death's ineffable sensation which
had nothing in common with ejaculations
or sneezes. The three or four times that
I reached that stage I forced myself
to restore the lower half of my white
"I" on my mental blackboard and thus
wriggle out of my perilous trance. ¶

D 8

Os toldos alaranjados dos verões do sul.

———————————————

Por um momento me perguntei com alguma apreensão se o apagamento de meu sistema procriativo poderia produzir nada mais que um orgasmo ampliado. Fiquei aliviado ao descobrir que o processo dava continuação à inefável sensação da doce morte que não tinha nada em comum com ejaculações ou espirros. As três ou quatro vezes em que cheguei a esse estágio me forcei a restaurar a parte inferior do meu "I" branco em meu quadro-negro mental e assim escapar de meu perigoso transe.

Y, Philip Wildon

29

Lecturer in Experimental Psychology, University
of Canglia
                              the last
I suffered for seventeen years from
a humiliating stomach ailment which
severely limited the jollities of companionship
in small dining rooms

D 9

Eu, Philip Wild[,] professor de Psicologia Experimental, Universidade de Ganglia, sofri nos últimos dezessete anos de uma humilhante afecção estomacal que limitou severamente as alegrias do companheirismo em salas de jantar pequenas

D 10

I loathe my belly, that trainful of bowels,
(which) I have to carry around, and everything connected
with it—the wrong food, heartburn, consti-
pation's leaden load, or else indigestion
with a hot torrent of filth pouring out of
me in a public toilet three minutes
before a punctual engagement.

D 10

Abomino minha barriga, este baú cheio de vísceras, que tenho de levar comigo, e tudo o que é ligado a ela — a comida errada, a azia, a carga plúmbea da constipação, ou então a indigestão com a primeira prestação de quente imundície saindo de mim num banheiro público três minutos antes de um compromisso pontual.

Heart
[or Loins?] (71)

There is, there was, only one girl in my life,
an object of terror and tenderness, an object
too, of universal compassion on the part
of millions who read about her in her
lover's books. I say "girl" and not woman,
not wife nor wench. If I were writing
in my first language I would have said "fille".
A sidewalk café, a summer-striped sunday:
il regardait passer les filles — that sense.
Not professional whores, not necessarily
well to-do tourists but "fille" as a translation
of "girl" which I now retranslate:

D 11

Coração (ou Lombo?)

Existe, existia, apenas uma garota em minha vida, um objeto de terror e ternura, um objeto também de compaixão universal da parte de milhões que leram sobre ela nos livros de seu amante. Digo "garota" e não mulher, nem esposa nem meretriz. Se eu estivesse escrevendo em minha primeira língua eu diria "fille". Um café na calçada, um domingo listrado de verão; *il regardait passer les filles — esse* sentido. Não prostitutas profissionais, não necessariamente turistas endinheiradas mas "fille" como uma tradução de "girl" [*moça*] que eu agora retraduzo:

from heel to hip, then the
trunk, then the head

A when nothing was
left but a grotesque
bust and with staring eyes

de calcanhar a quadril, depois o tronco, depois a cabeça quando
nada restar senão um busto grotesco de olhos fixos

sophrosyne, a platonic term for ideal
self-control stemming from man's
rational core.

Sofrósina, um termo platônico para autocontrole ideal que provém do cerne racional do homem.

Wild ⊙

¶ I was enjoying a petit-beurre with my noontime ~~morning~~ tea when the droll configuration of that particular bisquit's margins set into motion a train of thought that may have occurred to the reader even before it occurred to me. He knows already how much I disliked my toes. An ingrown nail on one foot and a a corn on the other were now pestering me. Would it not be a brilliant move, thought I, to get rid of my toes by sacrificing them to an experiment that only

Wild [0]

[*Capítulo Sete*]

Eu estava saboreando um petit-beurre com meu chá do meio-dia quando a divertida configuração das bordas daquele biscoito em particular colocou em movimento um trem de pensamento que pode ter ocorrido ao leitor antes mesmo de ter ocorrido a mim. Ele já sabe o quanto desgosto dos dedos de meus pés. Uma unha encravada em um e um calo em outro estavam agora me infernizando. Será que nã[o] seria um lance brilhante, pensei eu, livrar-me dos dedos de meus pés sacrificando-os a um experimento que apenas

Wild ⊘

cowardness kept postponing? I had always
restored, on my mental blackboard, the
symbols of deleted organs before backing
out of my trance. Scientific curiousity
and plain logic demanded I prove
to myself that if I left the flawed
line alone, its tears would be reflected in
the condition of this or that part of my
body. I dipped a last
petit-beurre in my tea, swallowed the
sweet mush and resolutely
started to work on my wretched flesh.

Wild [1]

a covardia sempre retardava? Eu havia sempre restaurado, em meu quadro-negro mental, os símbolos de órgãos deletados antes de sair do meu transe. Curiosidade científica e lógica simples exigiam que eu provasse a mim mesmo que se deixasse em paz a linha falhada, sua falha se refletiria no estado desta ou daquela parte do meu corpo. Molhei um último petit-beurre no chá, engoli a papa adocicada e resolutamente comecei a trabalhar em minha carne miserável.

Wild

¶ Testing a discovery and finding it correct can be a great satisfaction but it can be also a great shock mixed with all the torments of rivalry and ignoble envy. I know at least two such rivals of mine — you, Curson, and you, Croydon — who will clap their claws like crabs in boiling water. Now when it is the discoverer himself who tests his discovery and finds that it works he will feel a torrent of pride and purity that will cause him

Wild [2]

Testar uma descoberta e descobrir que está correta pode ser uma grande satisfação mas pode ser também um grande choque misturado a todos os tormentos de rivalidade e ignóbil inveja. Conheço ao menos dois desses rivais meus — você, Curson, e você, Croydon — que baterão as garras como caranguejos na água fervente. Agora quando é o próprio descobridor que testa sua descoberta e descobre que ela funciona ele sentirá uma torrente de orgulho e pureza que o fará

Wild

~~[crossed out]~~ actually to pity Prof. Curson and pet Dr. Croydon (whom I see Mr West has demolished in a recent paper). We are above petty revenge.

¶ On a hot Sunday afternoon, in my empty house — Flora and Cora being somewhere in bed with their boy friends — I started the crucial test. The fine base of my chalk white "I" was erased and left erased when I decided to break my hypnotrance. The extermination of my ten toes had been accompanied with

Wild [3]

efetivamente ter pena do prof. Curson e afagar o dr. Croydon (que vejo ter sido demolido pelo sr. West em um ensaio recente). Estamos acima da mesquinha vingança.

Numa tarde quente de domingo, em minha casa vazia — Flora e Cora estavam em algum lugar na cama com seus namorados — dei início ao teste crucial. A base fina do meu "I" branco de giz foi apagada e mantida apagada quando resolvi romper meu hipnotranse. O extermínio de meus dez artelhos tinha sido acompanhado pela

Wild

the usual volupty. I was lying on a mattress in my bath, with the strong beam of my shaving lamp trained on my feet. When I opened my eyes, I saw at once that my toes were intact.

After swallowing my disappointment I scrambled out of the tub, landed on the tiled floor and fell on my face. To my intense joy I could not stand properly because my ten toes were in a state of indescribable numbness. They looked all right, though perhaps a

Wild [4]

costumeira volúpia. Eu estava deitado num colchão em minha banheira, com o forte foco de minha lâmpada de barbear voltado para meus pés. Quando abri os olhos, vi de imediato que meus dedos estavam intactos.

Depois de tragar minha decepção me arrastei para fora da banheira, aterrissei no chão de ladrilhos e caí de cara. Para minha intensa alegria eu não era capaz de me levantar direito porque meus dez artelhos estavam em um estado de indescritível amortecimento. Pareciam em ordem, embora talvez um

Wild

a little paler than usual, but all sensation had been slashed away by a razor of ice. I palpated warily the hallux and the four other digits of my right foot, then of my left one and all was rubber and rot. The immediate setting in of decay was especially sensationally. I crept on allsfours into the adjacent bedroom and with infinite effort into my bed.

The rest was mere cleaning-up. In the course of the night I teased off the shrivelled white flesh and contemplated with utmost delight

Wild [5]

um pouco mais pálidos que o normal, mas toda sensação havia sido removida por uma lâmina de gelo. Apalpei cautelosamente o hálux e os quatro outros dedos do meu pé direito, depois do esquerdo e era tudo borracha e podridão. A instalação imediata da decomposição era especialmente sensacional. Arrastei-me de quatro para o quarto vizinho e com infinito esforço para minha cama.

O resto era apenas limpeza. No curso da noite removi a carne branca enrugada e contemplei com absoluto deleite
[antes de seu banho]

Will

I know my feet smelled despite daily baths, but <u>this</u> reek was something special

Wild [6]

Sei que meus pés cheiravam apesar dos banhos diários, mas *este* fedor era algo especial

That test – though admittedly a trivial affair – confirmed me in the belief that I was working in the right direction and that (unless some hideous wound or excruciating sickness joined the merry pallbearers) the process of dying by auto-dissolution afforded me greatest ecstasy known to man.

Aquele teste — embora reconhecidamente uma coisa trivial — me confirmou a convicção de que eu estava trabalhando na direção certa e que (a menos que alguma hedionda ferida ou torturante doença se juntasse aos alegres portadores do caixão) o processo de morrer por autodissolução permitia o maior êxtase conhecido pelo homem.

(Toes)

I expected to see at best the length
each foot greatly reduced with its
distal edge neatly transformed into the
semblance of the end of a breadloaf without any
trace of toes. At worst I was
ready to face an anatomical preparation
of ten bare phalanges sticking out of my
feet like a skeleton's claws. Actually
all I saw was ~~recommon this last~~
the familiar rows of digits.

Dedos do pé

Eu esperava ver na melhor das hipóteses o comprimento [de] cada pé grandemente reduzido com sua borda externa delicadamente transformada até se parecer com a ponta de um pão sem qualquer traço de dedos. Na pior das hipóteses eu estava pronto a encarar a prep[ar]ação anatômica de dez falanges nuas espetadas para fora do meu pé como garras de esqueleto. Na verdade tudo o que vi foram as conhecidas fileiras de dedos.

Medical Intermezzo ①

¶ " Install yourself", said the youngish
suntanned, cheerful de Aupert, indicating,
openheartedly an armchair at the north
rim of his desk, and proceeded to
explain the necessity of a surgical
intervention. He showed A.N.D.
one of the dark grim urograms that
had been taken of A.N.D.'s rear
anatomy. The globular shadow of
an adenoma eclipsed the greater
part of the whitish bladder. This

1

Intervalo Médico

"Instale-se", disse o animado, bronzeado e juvenil dr. Aupert, indicando calorosamente uma poltrona na borda norte de sua mesa, e passou a explicar a necessidade de uma intervenção cirúrgica. Mostrou para A.N.D. um dos sombrios e sérios urogramas que tinham sido feitos da anatomia traseira de A.N.D. A sombra globular de um adenoma eclipsava a maior parte da bexiga esbranquiçada. Esse

benign tumor ~~that~~ had been growing
on the prostate for some fifteen years
and was now as many times its size
The unfortunate gland ~~could and should be removed~~.
with the great gray parasite clinging
to it could and should be removed at once
    "And if I refuse?" said AND
    " Then, one of these days,

2

tumor benigno estava crescendo na próstata havia uns quinze anos e estava agora outras tantas vezes o seu tamanho. A infeliz glândula com o grande parasita cinzento pregado a ela podia e devia ser removida de imediato.

"E se eu recusar?", disse AND.

"Então, qualquer dia desses,

that background

Keep it free from
any intervention.
tired eyes.
                    gargoyles
Such as hypnagogic i~~~~
~~hall~~ images ~~or~~ the
~~entoptic sensations~~
a ~~trading broth~~ of
              swarms
entoptic ~~floaters~~

~~a vertical line chalked against~~
a ~~the~~ ~~plum~~tary ~~darkness~~
    over one's collection
of coins or insects

_____

   a magnum or a
little skeleton but
that demanded

aquele [?] [deve] evitar qualquer interrupção. olhos cansados.

Tais como gárgulas hipnagógicas* ou os enxames entópicos* de uma linha vertical riscada a giz numa escuridão cor de ameixa* sobre a coleção de moedas ou de insetos de alguém[.]

um manequim ou um pequeno esqueleto mas aquilo demandava

---

* Essas frases aparecem também na página 151, o que sugere que essa ficha seja um rascunho do material anterior.

very special

In this [self-hypnotic state there
can be no question of getting out of touch
with oneself and floating into a normal sleep
(unless you are very tired at the start)
To break the trance all you do is to
restore in ~~all its~~ vivid chalk-bright details the
simple picture of yourself — a styalized skeleton — on your mental
blackboard. One should remember, however,
that the divine delight in destroying, say one's
breastbone should not be indulged in. Enjoy
the destruction but do not linger over your
own ruins lest you develop an ~~incurable~~
illness, or die before you are ready to die.

Nesse estado auto-hipnótico muito especial não pode haver questão de perder o contato con[s]igo mesmo e flutuar para um sono normal (a menos que você esteja muito cansado já de início)

Para romper o transe tudo o que você precisa é restaurar em todos os detalhes brilhantes de giz o retrato simples de si mesmo, um esqueleto estilizado em seu quadro-negro men[t]al. Deve-se lembrar, porém, que a delícia divina de destruir, digamos[,] o osso externo da pessoa não é coisa que se possa gozar. Aproveite a destruição, mas não se detenha nas suas ruínas para não desenvolver uma doença incurável ou morrer antes de estar pronto para morrer.

the delight of getting under ~~the corner~~
of an ingrown toe nail with a sharp scissor
and snipping off the offending corner
and the added ecstasy of finding beneath it
an amber abcess whose blood flows
carrying away the ignoble pain

But with age I could not
bend any longer toward my feet
and was ashamed to present
them to a pedicure.

a delícia de alcançar debaixo de uma unha encravada do dedão com uma tesoura afiada e cortar fora o canto que machuca provê o êxtase complementar de encontrar debaixo dela um ab[s]cesso âmbar cujo sangue vaza[,] levando embora a dor ignóbil

Mas com a idade eu não conseguia mais me curvar para meus pés e tinha vergonha de apresentá-los a um pedicuro.

a ~~Oeeeeeeeeeeeeeeee~~ the   ~~XXX~~
Last Chapter
                                        Beginning
                                        of last chapter

¶1   [Miss Uze , this is the MS of my
last chapter which you will, please,
type out in three copies — I need the
additional one for prepub in Bud —
or ~~in some other~~] ~~eeeeeeeeele~~ magazine]

    ¶   Several years ago, when I
was still working at the Horloge
Institute of Neurologie, a silly female
inter~~viewer~~ introduced me in
a silly radio series ("Modern Eccentrics") as
" a gentle Oriental sage, founder of   (insert cards)

Último Capítulo

Início do último capítulo

[Srta. Ure, este é o manuscrito do meu último capítulo que a senhora vai, por favor, datilografar em três cópias — preciso de uma a mais para pré-publicação na *Bud* — ou em alguma outra revista.]*

Alguns anos atrás, quando eu ainda trabalhava para o Instituto Horloge de Neurologia, um tola entrevistadora me apresentou em um tolo programa de rádio ("Excêntricos Modernos") como "um delicado sábio oriental, fundador de

---

* Os colchetes no primeiro parágrafo podem ser um lembrete para colocar como excerto.

(Penult. End. →

End of penult chapter.

The manuscript in longhand of
Wild's last chapter, which at the time
of his fatal heart attack, ten blocks away,
his typist, Sue all, had not had
the time to tackle because of an urgent
work for another employer was deftly
plucked from her hand by that other
fellow who to find a place of publication
more permanent than Bud or Root.

Penúlt. Fin.

Final do penúlt capítulo.

O manuscrito escrito à mão do último capítulo de Wild, que no momento de seu ataque cardíaco fatal, a dez quarteirões, sua datilógrafa, Sue U, não tivera tempo de fazer por causa de trabalho urgente de outro empregador[,] foi rapidamente tirado da mão dela por aquele outro sujeito para encontrar um lugar de publicação mais permanente que *Bud* ou *Root*.

—

First
ⓐ

　　　Well, a writer of sorts. A budding and
already
aright rotting writer. After being a poor
　　　some of
lector in our last dreary castles.

　　　Yes, he's a lecturer too A rich rotter
lecturer (complete misunderstanding, another world).

　　　Whom are they talking about? Her
husband I guess. Flo is horribly frank
about Philipp. (who could not come to
the party. — to any party)

Primeira a

Bem, uma espécie de escritor. Um florescente e já apodrecido escritor. Depois de ser um pobre palestrante em alguns de nossos últimos lúgubres castelos.

Sim, ele é também um professor[.] Um rico e podre professor (interpretações completamente erradas, outro mundo).

De quem eles estão falando? Do marido dela acho. Flo é horrivelmente franca sobre Philipp. (que não pôde vir à festa — a nenhuma festa)*

---

* Esse material se encaixa na conversa no primeiro capítulo.

brain — when the ray projected by me
reaches the lake of Dante ~~~~~~~~~ or
the Island of Reil ~~in the brain~~

Primeira b

coração ou cérebro — quando o raio projetado por mim atinge o lago de Dante ou a ilha de Reil

Thornton + Smart   Ham. Physiology

p. 299

First
c

Wilde : I do not believe that ~~though~~ the spinal cord is the only or even main conductor of the extravagant messages that reach my brain. I have to find out more about that — about the strange impression I have of there being some underpath, so to speak, along which the commands of my will power are passed to and fro along the shadow of nerves, rather along the nerves proper.

Primeira c
Thornton + Smart Fisiologia Hum.
p. 299

[MS] de Wild: Não acredito que a medula espinhal seja o único ou nem mesmo o principal condutor das extravagantes mensagens que chegam ao meu cérebro. Tenho de descobrir mais sobre isso — sobre a estranha impressão que tenho de existir algum caminho subjacente, por assim dizer, ao longo do qual os comandos de minha força de vontade são passados para lá e para cá ao longo das sombras de nervos, mais [do que] ao longo dos nervos propriamente.

the photographer was setting up

I always know she is cheating on me
with a new boy-friend whenever she visits
my bleak bedroom more often then once
a month (which is the average since I turned
sixty)

Primeira d

O fotógraf[o] estava se preparando

Eu sempr[e] sei quando ela está me enganando com um namorado novo sempre que ela visita meu árido quarto mais de uma vez por mês (que é a média desde que completei sessenta anos)

The only way he could possess her was
in the most   position of copulation:
he reclining on cushions, she   sitting in
the fauteuil of his flesh with her back to
him.   The procedure — a few bounces
over very small humps — meant nothing to her
she looked at   the snowscape on the
footboard of the bed —

    at the

; and he holding her in front of him like a
child being given a sleigh ride down a

I

O único jeito de ele poder possuí-la era na posição mais [ ]
de copulação: ele reclinado em almofadas; ela sentada no fauteuil
de sua carne de costas para ele. O procedimento — uns poucos
pulos em cima de volumes muito pequenos — não significava
nada para ela[.] Ela olhava a paisagem nevada aos pés da cama
— as [cortinas]; e ele a segurá-la diante de si como uma criança
sendo conduzida num passeio de trenó descendo uma

II

short slope by a kind stranger,
he saw her *lyric* back, her
thigh between his hands.

Like toads or tortoises neither saw each
other's faces   See animaux

II

pequena encosta por um gentil estranho, ele via suas costas, seus quadri[s] entre suas mãos.

Como sapos ou tartarugas nenhum dos dois via o rosto do outro

Ver *animaux*

(Wild's notes)   Aurora 1

My sexual life is virtually over fut —

———————————————————————————————————————

     I saw you again, Aurora Lee, whom
as a youth I had pursued with hopeless desire
at high-school balls — and whom I cornered now
                        have
fifty years later, on a terrace of my
dream. Your painted pout and cold
gaze were, come to think of it, very like
the official lips and eyes of Flora, my
wayward wife, and your flimsy
frock of black silk might have come
from her recent wardrobe. You turned
away, but could not escape, trapped

Aurora 1

Notas de Wild

Minha vida sexual está praticamente encerrada mas —

Vi você de novo, Aurora Lee, que quando jovem eu havia perseguido com desejo sem esperança em bailes ginasiais — e que encurralei agora cinquenta anos depois, num terraço do meu sonho. Seu beicinho pintado e olhar frio eram, pensando bem, muito iguais aos lábios e olhos oficiais de Flora, minha esposa transviada, e seu fino vestido de seda negra podia ter saído do recente guarda-roupa dela. Você virou as costas, mas não podia escapar, presa

Aurora 2

~~as you were among the~~
close-set columns of moonlight and I
lifted the hem of your dress — something I ~~had~~
never had done in the past — and stroked,
moulded, pinched ever so softly your pale
prominent nates ; while you stood perfectly still
as if considering new possibilities of
power and pleasure and interior decoration.
At the height of your guarded ecstasy I thrust
my cupped hand from behind between your consenting
thighs and felt the ~~xxxxxxxx~~,
sweat-stuck folds of a long scrotum and

Aurora 2

como estava entre as apertadas colunas de luar e eu levantei a barra de seu vestido — coisa que nunca tinha feito no passado — e
acariciei, segurei, belisquei muito de leve suas pálidas nádegas
proeminentes, enquanto você ficava absolutamente imóvel como
se considerasse novas possibilidades de poder, prazer e decoração
de interiores. No auge de seu reservado êxtase enfiei por trás a
mão em concha entre suas coxas consentidas e senti as pregas
suadas de um longo escroto e

Aurora 3

then, further in front, the droop of a
short member. Speaking as an authority on
dreams, I wish to add that this was
no homosexual manifestation but a
splendid example of terminal gynandrism.
Young Aurora Lee (who was to be
axed and chopped up at seventeen by an
idiot lover, all glasses and beard)
and half-impotent old Wild formed
for a moment one creature. But quite
apart from all that, in a more

Aurora 3

depois, mais à frente, o balançar de um membro curto. Falando como uma autoridade em sonhos, quero acrescentar que não se tratava de nenhuma manifestação homossexual mas um exemplo esplêndido de ginandrismo terminal. A jovem Aurora Lee (que viria a ser abatida a machado e picada em pedaços aos dezessete anos por um amante idiota, todo óculos e barba) e o semi-impotente velho Wild formaram por um momento uma única criatura. Mas bem diferente de tudo isso, em um

Aurora 14

disgusting and delicious sense, her little
bottom, so smooth, so moonlit, a replica,
in fact, of her twin brother's charms,
~~crudely~~ sampled rather brutally on
my last night at boarding school, ~~the~~
remained inset in the medalion of
every following day.

Aurora 4

sentido mais repulsivo e delicioso, seu pequeno traseiro, tão liso, tão lunar, uma réplica, de fato, dos encantos de seu irmão gêmeo, experimentado bem brutalmente em minha última noite no colégio interno, permaneceu cravado no medal[h]ão de todos os dias seguintes.

(Miscel.)

Willpower, absolute
self domination.

Electroencephalographic recordings
of the hypnotic "sleep" are very similar
to those of the waking state and quite
different from those of the normal sleep
, yet there are certain minute details
about the patterns of the trance
which, are of extraordinary interest
and place it specifically apart from
sleep and waking state.

Miscel.

Força de vontade, absoluto autodomínio.

———————————————

  Registros eletroencefalográficos de "sono" hipnótico são muito semelhantes aos do estado de vigília e bem diferentes dos de sono normal; no entanto há certos pequenos detalhes no padrão do transe que são de excepcional interesse e o colocam especificamente à parte tanto do sono quanto [da vigília].

self - extinction

self - immolation, — too

[Wilds - note]

(three card at least of this stuff)

As I destroyed my thorax, I also destroyed

and the

and the laughing people in theaters with a
not longer visible stage or screen, and
the ....

and the .... in the cemetery
of the asymetrical heart

autosuggestion, autosuggestist
autosuggestive

Notas de Wild

autoextinção
autoimolação, -lador
　　Ao destruir meu tórax, destruí também [ ] e o [ ] e as pessoas a rir nos teatros sem ter mais um palco ou uma tela visíveis, e o [ ] e o [ ] no cemitério do coração as[s]imétrico
autossugestão, autossugestionador
autossugestivo

Wild's
notes

A process of self-obliteration conducted by an
effort of ~~the~~ will. ~~The~~ pleasure, bordering
on almost unen~~explainable~~ exstacy, comes from feeling
the will working at a ~~completely~~ new
task: an act of destruction which
develops paradoxically an element of creativeness,
in the totally new application of totally
free will. Learning to use the
vigor of the body for the purpose of its own skeleton.
Standing vitality on its head.

Notas de Wild

Um processo de auto-obliteração conduzido por um esforço da vontade. Prazer, beirando um êxtase quase insuportável, vem de sentir a vontade trabalhando numa nova tarefa: um ato de destruição que desenvolve paradoxalmente um elemento de criatividade na aplicação totalmente nova da vontade totalmente livre. Aprendendo a usar o vigor do corpo para o propósito de seu próprio apagamento[,] pondo a vitalidade de cabeça para baixo.

OED

Nirvana   blowing out, [extinguishing],
extinction, disappearance   in Buddhist
theology extinction... and absorption into
the   supreme spirit.
   [nirvanic embrace of Brahma]
   bonze = Buddhist monk
   bonzery. bonzeries
   the doctrine of Buddhist incarnation
   Brahmahood   = absorption into the divine
                              essence.
   Brahmism
     [all this postulates a supreme god]

OED

Nirvana se apagando (extinguindo), extinção, desaparecimento. Na teologia budista extinção... e absorção no espírito supremo.

(abraço nirvânico de Brahma)
bonzo = monge budista
bonzidade, bonzidades
a doutrina da encarnação budista
Bramidade = absorção na essência divina.
Bramanismo
(tudo isto postula um deus supremo)

Buddhism ~~that~~

"individual existence"

Nirvana = "extinction of the self"
" release from the cycle of O inedrnations"
" reunin with Brahma " (_Hinduism_)
attained through the suppression of individ.
existence.

Buddhism: Beatic spiritual condition

The religions rubbish and ~~intellectual~~
mysticism of Oriental wisdom

The minor poetry of mystical myths

Budismo

Nirvana = "extinção do eu" "existência individual"
"libertação do ciclo de encarnações"
"reunião com Brahma (*Hinduísmo*)
atingível através da supressão da existência individ[ual].
Budismo: Estado beatífico espiritual

O lixo religioso e místico da sabedoria oriental.

A poesia menor dos mitos místicos

(Wild A)

The novel _Laura_ was sent to me by the painter Rawitch, a rejected admirer of my wife, of whom he did an exquisite oil a few years ago. The way I was led by delicate clues and ghostly nudges to the exhibition where "Lady with Fan" was sold to me by his girl friend, a sniggering tart with gilt fingernails, is a separate anecdote in the anthology of humiliation to which, since my marriage, I have been a constant contributor. As to the book,

Wild A

O romance *Laura* me foi mandado pelo pintor Rawitch, um admirador rejeitado de minha mulher, de quem ele fez um refinado óleo anos atrás. A maneira como fui levado por delicadas insinuações e fantasmagóricos empurrões à exposição onde "Dama com leque" me foi vendido pela namorada dele, uma vadia cínica com unhas douradas, é uma anedota isolada na antologia de humilhações para as quais, desde meu casamento, fui um constante contribuinte. Quanto ao livro,

(Wild B)

a bestseller, which the blurb described as
"a roman à clef with the clef lost for
ever", the demonic hands of one of
my servants, the Velvet Valet - as
Flora called him, kept slipping it
into my visual field until I
opened the damned thing and discovered
it to be a maddening masterpiece

Wild B

um best-seller, que a sinopse descreveu como "um roman à clef cuja *clef* perdeu-se para sempre", as mãos demoníacas de um dos meus criados, o Valete de Veludo como Flora o chamava, ficava entrando em meu campo visual até eu abrir a maldita coisa e descobrir que era uma enlouquecedora obra-prima

Last §   ②

¶¶ Winny Carr waiting for her train on the station platform of Sex, a delightful Swiss resort famed for its crimson plums noticed her old friend Flora on a bench near the bookstall with a paperback in her lap. This was the soft cover copy of _Laura_ issued virtually at the same time as its ~~exactly~~ much stouter and comelier ~~original~~ ~~entirely appropriate traditional fully~~ ~~edition~~ hardback edition. She had just bought it at the station bookstall,

Z

Último §

Winny Carr à espera do trem na plataforma da estação de Sex, uma deliciosa estância suíça famosa por suas ameixas carmim[,] notou sua velha amiga Flora em um banco perto da banca de revistas com um livro em brochura no colo. Era um exemplar de capa mole de *Laura* lançado praticamente ao mesmo tempo que sua edição muito mais sólida e adequada em capa dura. Ela havia acabado de comprá-lo na banca da estação,

(Z₂)

and in answer to Winny's jocular remark
(" hope you'll enjoy the story of your
life ") said she doubted if she could
force herself to start reading it.
         Oh you must! said Winnie,
it is of course, fictionalized and all
that but ~~every magnificently~~
you'll come ~~to~~ face to face with yourself ~~at~~
~~every other corner~~
~~your many~~
~~every other~~ at every other corner ~~s~~. And
there's your wonderful death. Let me

Z 2

e em resposta à observação jocosa de Winny ("espero que você goste da história da sua vida") disse que duvidava que conseguisse fazer o esforço de começar a ler.

Ah mas você deve! disse Winny, claro que é ficcionalizado e tudo o mais, mas você vai se ver cara a cara consigo mesma em todo canto. E tem a sua morte maravilhosa. Deixe eu

show you your wonderful death. Damn,
here's my train. Are ~~you~~ we going together?
"I'm not going anywhere. I'm
expecting somebody. Nothing very
exciting. Please, let me have my book.'
" Oh, but I simply must
find that passage ~~chapter~~ for you. It's not
quite at the end. You'll scream
with laughter. Its the craziest
death in the world.
"You'll miss your train " said Flora

Z 3

mostrar a sua morte maravilhosa. Droga, esse é o meu trem. Nós vamos juntas?

"Eu não vou a lugar nenhum. Estou esperando alguém. Nada muito estimulante. Por favor, me devolva o livro."

"Ah, mas eu tenho de encontrar a passagem para você. Não é nem no fim. Você vai chorar de tanto rir. É a morte mais louca do mundo.["]

"Vai perder seu trem" disse Flora

—

Five

A

Philip Wild spent most of the afternoon in the shade of a marbrosa tree (that he vaguely mistook for an opulent ~~exotic~~ ~~an~~ tropical race of the birch) sipping tea with lemon and ~~sporadically~~ making ~~notes~~ embryonic notes ~~strike the above~~ ~~that suggested~~, with a diminutive pencil attached to a diminutive agenda-book which seemed to melt into his broad moist palm where it would spread in sporadic crucifixions. He sat with widespread

Cinco A

Philip Wild passou a maior parte da tarde à sombra de uma árvore de *marbrosa* (que ele vagamente confundiu com uma opulenta e tropical raça de bétula) bebericando chá com limão e tomando notas embriônicas com um diminuto lápis preso a uma diminuta agenda que parecia derreter em sua grande mão úmida onde se espalhava em esporádicas crucifixões. Estava sentado com as pernas

FiVe

B

legs to accomodate his enormous stomack and
now and then checked or made in midthought
half a movement to check the fly buttons of his
old fashioned white trousers. There was also
the recurrent search for his pencil sharpener,
which he absently put into a different pocket
every time after use. Otherwise, between all
those small movements, he sat perfectly
still, like a meditative idol. Flora would
be often present lolling in a deckchair,

Cinco B

abertas para acomodar sua enorme barriga e de vez em quando conferia ou meio sem pensar insinuava um movimento para conferir os botões da braguilha de sua antiquada calça branca. Havia também a procura recorrente pelo apontador de lápis, que ele distraidamente punha num bolso diferente a cada vez que usava. Fora isso, entre todos esses pequenos movimentos, ele ficava sentado absolutamente imóvel, como um ídolo meditativo. Flora estava quase sempre presente ociosa numa espreguiçadeira,

enclosing his chair in a *her progression* (of strewn magazines) C

moving it from time to time, circling as it
were around her husband, *and* , *as she sought* ~~in quest of~~
an even denser shade than the one
sheltering him. The urge to expose
the maximum of naked flesh permitted by
fashion was combined in her strange little
mind with a *dread of the* least touch of tan
defiling her ivory skin ~~~~~~
~~~~~~~~~~~~~~~~~~~~~~~~
~~~~~~~~~~~~~~~~~~~~~~~ the
~~~~~~~~~~~~~~~~~~ the
~~~~~~~~~~~~~~~~~~~~~.

C

mudando-a de lugar de quando em quando, circulando por assim dizer em torno de seu marido, e cercando a cadeira dele em sua progressão de revistas espalhadas à procura de uma sombra ainda mais densa do que a sombra que o abrigava. A necessidade de expor o máximo possível de carne nua permitida pela moda combinava-se em sua estranha cabecinha com um horror ao menor toque de bronzeado a macular sua pele de marfim.

(Eric's note)

To all contraceptive precautions, and indeed
to orgasm at its safest and deepest,
I much preferred — madly preferred —,
finishing off at my ease against
the softest part of her thigh. This
predilection might have ~~been~~
~~been~~ due to the unforgettable impact
of my ~~comps~~ with school mates
of different but erotically identical,
sexes

Notas de Eric

Por todas as precauções contraceptivas, e de fato por orgasmos inteiramente seguros e profundos, eu preferia de longe — preferia loucamente — finalizar ao meu gosto sobre a parte mais macia da coxa dela. Essa predileção podia ser devida ao impacto inesquecível de minhas farras com colegas de escola de diferentes, mas eroticamente idênticos, sexos

he now had needed
and that he would come to
stay here for at least a
week every other month.

This by for a Theme
begin with ponctr. and
finish with must. and These

ascripto paclar

———————————

    ele também tinha precisado
e que ele ficaria por pelo menos uma semana em meses alternados

Esta [chave] para um Tema
Começar com [poema] etc e
terminar com mast e Flora, atribuir a quadro

X

After a three-year separation (distant war, regular exchange of tender letters) we met again Though still married to that hog she kept away from him and at the moment sojourned at a central European resort in eccentric solitude. We met in a splendid park that she praised with exaggerated warmth — picturesque trees, blooming meadows — and in a secluded part of it an ancient "Rotonda" with pictures and music" where ~~~~~

X

Depois de uma separação de três anos (guerra distante, troca regular de ternas cartas) nos encontramos de novo. Embora ainda casada com aquele porco capão ela mantinha-se distante dele e no momento estava em uma estância da Europa central em excêntrica solidão. Nos encontramos em um parque esplêndido que ela elogiava com ardor [exagerado] — árvores pitorescas, campos floridos — e numa parte isolada uma antiga "rotonda" com quadros e música onde

xx

We simply had to stop for a rest and a
bite — The sisters, I mean, she said, the attendant
here — served iced coffee and cherry
tart of quite special quality — and
as she spoke I suddenly began to
realise with a sense of utter depression
and embarrassment that the "pavilion"
was ~~the other~~ the celebrated Green Chapel
of St Esmeralda
and that she was brimming with religious
~~fervor~~ and yet miserably, desperately fearful, despite
bright smiles and much enjour, of my
insulting her by some mocking remark.)

XX

nós simplesmente tínhamos de parar para um descanso e um lanche — as irmãs, eu quero dizer, falou ela, as atendente[s] lá — serviam café gelado e torta de cereja de qualidade bastante especial — e enquanto ela falava eu de repente comecei a me dar conta com uma sensação de absoluta depressão e vergonha que o "pavilhão" era a famosa Capela Verde de Santa Esmeralda e que ela estava transbordante de fervor religioso e mesmo assim com um medo miserável, desesperado, apesar dos sorrisos brilhantes e de *un air enjoué*, por eu tê-la insultado com alguma observação gozadora.

the wall did not go up to the ceiling   it stopped at the
magenta horizon of its town painted verge, where the dotted
slope of the white washed cerly used to them

20

¶   I hit upon the art of thinking away
my body, my being, the mind itself.
To think away thought — luxurious suicide,
delicious dissolution! Dissolution, in
fact, is a marvelously apt term here,
for as you sit relaxed in this
comfortable chair (narrator striking
its arm rests) and start destroying
yourself, the first thing you
feel is a mounting melting, from
the feet upward

D 0

Eu cheguei à arte de eliminar pelo pensamento meu corpo, meu ser, a própria mente. Eliminar pelo pensamento o pensamento — suicídio luxuriante, deliciosa dissolução! Dissolução, de fato, é um termo maravilhosamente apropriado aqui, porque enquanto você fica sentado relaxado nessa poltrona confortável (narrador batendo nos braços dela) e começa a se destruir, a primeira coisa que você sente é um crescente derretimento dos pés para cima

S one

In experimenting on oneself in order to pick out the sweetest death, one cannot, obviously, set a part of one's body on fire or drain it of blood or subject it to any other drastic operation, for the simple reason that these are one-way treatments: ~~and~~ there is no resurrecting the organ one has destroyed. It is the ability to stop the experiment and return intact from the perilous journey that makes all the difference, once ~~learning~~ its mysterious technique

D um

Ao experimentar em si mesmo a fim de escolher a morte mais doce, não se pode, evidentemente, tocar fogo numa parte do corpo ou drená-la de sangue ou sujeitá-la a qualquer outra operação drástica, pela simples razão de que esses tratamentos são unidirecionais: não há ressurreição para o órgão que se destruiu. É a habilidade de deter o experimento e voltar intacto da perigosa jornada que faz toda a diferença, uma vez que sua misteriosa técnica

2) two

has been mastered by the student of self-anni-
hilation. From the preceding chapters and
the footnotes to them, he has learned, I hope,
how to put himself into neutral, i.e. into a
harmless trance and how to get out of it
by a resolute wrench of the watchful will.
What cannot be taught is the specific method
of dissolving one's body, or at least part
of one's body, while tranced. A deep
probe of one's darkest self, the unraveling
of subjective associations, may suddenly

D dois

tenha sido dominada pelo estudante de autoaniquilação. Dos capítulos precedentes e das notas a eles, ele aprendeu, espero, como se colocar em neutro, i.e. em um transe inofensivo e como sair dele por um decidido arranque da vontade vigilante. O que não pode ser ensinado é o método específico de dissolver o corpo da pessoa, ou ao menos parte do corpo da pessoa, enquanto em transe. Uma sondagem profunda do eu mais escuro da pessoa, o desvendar de associações subjetivas, pode de repente

3 three

lead to the shadow of a clue and then to
the clue itself. The only help I can
provide is not even paradigmatic. For
all I know, the way I found to woo
death may be quite atypical; yet
the story has to be told for the sake of its
strange logic.
      In a recurrent dream of my
childhood I used to see a smudge
on the wallpaper or on a whitewashed door,
a nasty smudge that started to come alive,

D três

---

levar à sombra de uma pista e então à própria pista. A única ajuda que eu posso oferecer não é nem mesmo paradigmática. Por tudo que sei, o jeito que encontrei para cortejar a morte pode ser bem atípico; porém a história tem de ser contada em função de sua estranha lógica.

Em um sonho recorrente de minha infância eu costumava ver uma mancha no papel de parede ou numa porta pintada de branco, uma mancha sórdida que começava a ficar viva,

D four

turning into a crustacean-like monster.
As its appendages began to move, a
thrill of foolish horror shook me awake;
but the same night or the next I would
be again facing idly some wall or screen
on which a spot of dirt would attract
the naïve sleeper's attention by starting
to grow and ~~together~~ make groping
and clasping gestures — and again I managed
to wake up before its bloated bulk
got unstuck from the wall. But one night

D quatro

transformando-se num monstro crustáceo. Quando seus apêndices começavam a se mexer, um arrepio de tolo horror me sacudia e eu acordava; mas na mesma noite ou na seguinte lá estava eu de novo a olhar longamente alguma parede ou painel em que uma mancha de sujeira podia atrair a atenção do ingênuo adormecido começando a crescer e fazer gestos de tatear e agarrar — e uma vez mais eu conseguia acordar antes que o volumoso vulto se soltasse da parede. Mas uma noite

D·five

when some trick of position, some dimple
of pillow, some fold of bedclothes made
me feel brighter and braver than usual,
I let the smudge start its evolution
and, drawing on an imagined mitten, I simply
rubbed out the beast. Three or four times
it appeared again in my dreams but
now I welcomed its growing shape and
gleefully erased it. Finally it gave up
— as some day life will give up —
bothering me.

D cinco

quando algum truque de posição, alguma depressão no travesseiro, alguma dobra das cobertas me fez sentir mais esperto e valente que o usual, deixei a mancha começar a sua evolução e, recorrendo a uma luva imaginada, simplesmente apaguei a fera. Três ou quatro vezes ela apareceu de novo em meus sonhos mas agora eu acolhia sua forma crescente e alegremente a apagava. Por fim ela desistiu — como algum dia a vida desistirá — de me incomodar.

Legs ① I

¶ I have never derived the least joy from my legs. In fact I strongly object to the bipedal condition The fatter and wiser I grew the more I abominated the task of grappling with cozy drawers, trousers and pyjama pants. Had I been able to bear the stink and stickiness of my own unwashed body I would have slept ~~~~~~~~ ~~~~~~~~ with all my clothes on and had a valets — ~~preferably~~ with some experience in the tailoring of corpses — ~~get~~ change me, say, once a week. But then,

Pernas 17

Nunca tive o menor prazer com minhas pernas. Na verdade eu desaprovo fortemente a condição bipedal[.] Quanto mais gordo e mais sábio eu ficava mais abominava a tarefa de batalhar com ceroulas compridas, calças e pijamas. Se eu fosse capaz de suportar o fedor e o pegajoso de meu próprio corpo não lavado eu dormiria com toda minha roupa e teria valetes — de preferência com alguma experiência no trato de cadáveres — para me trocar, digamos, uma vez por semana. Mas por outro lado,

Legs ②

I also loath the *proximity*
of valets and the vile touch of their
hands. The last one I had was at
least clean ~~but~~ but he regarded
the act of dressing his master as a battle
of wits, he doing his best ~~to~~
~~turn~~ trying
to turn the wrong outside into the
right inside and I undoing his endeavours
by working my right foot into my
left trouser leg. Our complicated
exertions, which to an onlooker might

Pernas 2 8

abomin[o] também a proximidade de valetes e o toque vil de suas mãos. O último que tive era ao menos limpo mas encarava o ato de vestir seu senhor como uma batalha de espertezas, ele fazendo o melhor que podia para virar o avesso errado no direito certo e eu desmanchando seus esforços ao enfiar o pé direito na perna esquerda da calça. Nossos complicados empenhos, que para um observador poderiam

Legs ③

have seemed some sort of exotic wrestling
match. Would take us from one
room to another and end by my
sitting on the floor, exhausted and
hot, with the bottom of my trousers
mis-clothing my heaving abdomen.

Finally, in my sixties I
found the right person to dress and
undress me: an old illusionist
who is able to go behind a
screen in the guise of a cossack and
instantly come out at the other end as

Pernas 3 9

parecer algum tipo de exótica luta[,] nos levavam de um quarto a
outro e terminavam comigo sentado no chão, exausto e acalora-
do, com o traseiro da calça mal vestindo meu arfante abdômen.

Por fim, nos meus sessenta anos, encontrei a pessoa certa
para me vestir e despir: um velho ilusionista que é capaz de ir para
trás de um painel com roupa de cossaco e instantaneamente sair
do outro lado como

Legs (4)

Uncle Sam. He is tasteless and rude, and
altogether not a nice person, but he has
taught me many a subtle trick such
as the folding trousers properly
and I think I shall keep him despite the
fantastic wages he
the rascal asks.

Pernas 4 10

Tio Sam. Ele não tem gosto e é rude e não é absolutamente uma boa pessoa, mas me ensinou muitos truques sutis tal como dobrar adequadamente uma calça e acho que devo ficar com ele apesar do fantástico salário que o velhaco cobra.

Wild remembers

Every now and then she would turn up
for a few moments between trains, between
planes, between lovers. My morning sleep
would be interrupted by heart-rending sounds
— a window opening, a little bustle downstairs,
a trunk coming, a trunk going, distant
telephone conversations that seemed to be conducted
in conspiratorial whispers. If shivering in my
nightshirt I dared to waylay her all she
said would be "you really ought to lose
some weight" or "I hope you transfered that
money as I indicated" — and all doors closed again.

Wild rememora

De quando em quando ela aparecia por alguns momentos entre trens, entre aviões, entre amantes. Meu sono matinal era interrompido por sons angustiantes — uma janela a se abrir, um pequeno alvoroço no andar de baixo, um baú entrando, um baú saindo, conversa telefônica distante que parecia conduzida em sussurros conspiratórios. Se tremendo em minha camisa de dormir eu ousava interrompê-la tudo o que ela dizia era "você realmente devia perder peso" ou "espero que tenha transferido aquele dinheiro como eu indiquei" — e todas as portas fechavam de novo.

(Notes)

the art of self-slaughter

TLS
16.I.76   " Nietzche argued that the man of
pure will ... must recognise that that there
is an appropriate time to die "

Philip Nikolai :
           The act of suicide may be 'criminal'
in the same sense that murder is criminal
but in my case it is purified and
hallowed by the incredible delight it gives.

Notas

a arte de autoimolação

TLS 16-I-76 "Nietz[s]che argumentava que o homem de vontade pura... deve admitir que existe um momento apropriado para morrer"

Philip Nikitin: O ato de suicídio pode ser "criminoso" no mesmo sentido em que o assassinato é criminoso mas no meu caso ele é purificado e sacralizado pela incrível delícia que proporciona.

Wild &

By now I have died up to my navel
some fifty times in less than three
years and my fifty resurrections have
shown that no damage is done to the
organs involved when breaking in time
out of the trance. ~~When~~ As soon as I started
yesterday to work on my torso, the
act of deletion ~~———~~ produced an
ecstasy superior to anything experienced
before; yet I noticed that the ecstasy
was accompanied by a new feeling of
anxiety and even panic. (More)

Wild D

Por ora eu morri até o umbigo umas cinquenta vezes em menos de três anos e minhas cinquenta ressurreições demonstraram que não houve nenhum dano aos órgãos envolvidos quando se sai do transe a tempo. Assim que comecei ontem a trabalhar em meu torso, o ato de supressão produziu um êxtase superior a qualquer coisa experimentada antes; no entanto notei que o êxtase foi acompanhado por um novo sentimento de ansiedade e mesmo pânico.

¶ ⌖ How curious to recall the
trouble I had in finding an adequate
spot for my first experiments. There
was an old swing hanging from a branch
of an old oaktree in a corner of the
garden. Its ropes looked sturdy enough;
~~all~~ its seat was provided with a comfortable
safety bar of the kind inherited nowadays
by chair lifts. It had been much used ~~by~~
~~years ago~~ by my half-sister
~~xxxxxxxxxxxx~~, a fat dreamy
pigtailed creature, who died before
reaching puberty. I now had to
take a ladder to it, for the sentimental

o

Que curioso lembrar o problema que tive para encontrar um local adequado aos meus primeiros experimentos. Havia um velho balanço pendurado no galho de um velho carvalho num canto do jardim. As cordas pareciam suficientemente resistentes; o assento fornecia uma barra de segurança confortável do tipo herdado hoje por teleféricos. Tinha sido muito usado anos antes por minha meia-irmã, uma gorda e sonhadora criatura de rabo de cavalo que morreu antes de chegar à puberdade. Eu agora tinha de levar uma escada até ele, porque a sentimental

—oo—

relic ~~was~~ was lifted ~~~~ out of human reach
by the growth of the picturesque
but completely indifferent tree. I
had glided with a slight oscillation
into the initial stage of a particularly
rich trance when the cordage
burst and I was hurled, still more
or less boxed into a ditch full of brambles
which zipped off a piece of
the peacock blue dressing gown y
happened to be wearing that summer day.
¶

oo

relíquia havia sido erguida acima de alcance humano pelo crescimento da pitoresca mas absolutamente indiferente árvore. Eu tinha deslizado com uma ligeira oscilação para o estágio inicial de um transe particularmente rico quando o cordame rompeu e fui lançado, ainda mais ou menos encaixotado[,] numa vala cheia de espinhos que rasgaram uma parte do roupão azul-pavão que eu estava usando naquele dia de verão.

Thinking away oneself

a melting sensation

an enravishment of delicious dissolution
(what a miraculous appropriate "noun"!)

———

aftereffect of certain drug
used by anaest.

I have never been much
interest in navel.

Eliminando[-se] pelo pensamento
uma sensação de der[r]etimento
um envahissement de deliciosa dissolução (que substantivo mira-
culosamente apropriado!)

Efeito posterior de certa droga usada por aneste[siologista]
Nun[ca] tive muito [interesse] em umbigo

(efface)
expunge
erase
delete
rub out
~~erase~~
wipe out
obliterate

anular
expungir
apagar
deletar
remover
eliminar
obliterar

Sobre o autor

Vladimir Vladimirovich Nabokov nasceu em 23 de abril de 1899 em São Petersburgo, na Rússia. Em 1919, para fugir da Revolução Russa, sua família mudou-se primeiro para Londres e depois para Berlim, onde, três anos mais tarde, seu pai — um político proeminente — seria assassinado ao proteger outra pessoa durante um evento público.

Após completar seus estudos em Cambridge, Nabokov passou a morar entre Berlim e Paris. Em 1925, casou-se com Véra Slonim, com quem teve um filho, Dmitri. Durante o período, escreveu prolificamente em russo, sob o pseudônimo Sirin.

Em 1940, deixou a França para morar nos Estados Unidos. Sustentou-se inicialmente com aulas de literatura em Wellesley e Cornell, e abandonou o russo para escrever em inglês. A partir de então, publicou os livros que o consagrariam como um dos mais importantes romancistas do século XX: *Lolita* (1955), *Pnin* (1957) e *Fogo pálido* (1962). Escreveu também contos e ensaios, traduziu obras de Liermontov e Púchkin e verteu seus primeiros romances para o inglês. Faleceu em um hospital perto de Montreux, na Suíça, em 1977.

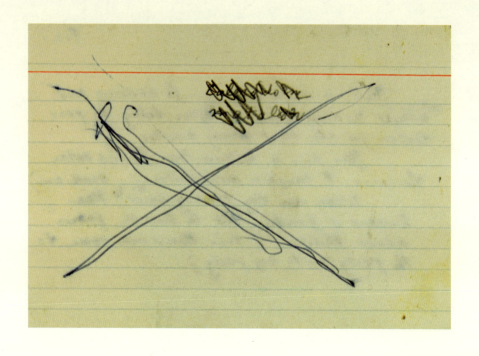

Este livro foi impresso
pela Geográfica para a
Editora Objetiva em
novembro de 2009.